我愿做
无忧无虑的小孩

[英] 拜伦 著　林骢 译
GEORGE GORDON BYRON

北京时代华文书局

图书在版编目（CIP）数据

我愿做无忧无虑的小孩 /（英）拜伦著；林骢译. -- 北京：北京时代华文书局，2020.6
（轻经典系列 / 陈丽杰主编）
ISBN 978-7-5699-3672-8

Ⅰ. ①我… Ⅱ. ①拜… ②林… Ⅲ. ①诗集－英国－近代 Ⅳ. ① I561.24

中国版本图书馆CIP数据核字（2020）第061216号

轻经典系列
QING JINGDIAN XILIE

我愿做无忧无虑的小孩
WO YUAN ZUO WUYOUWULÜ DE XIAOHAI

著　　者｜[英]拜　伦
译　　者｜林　骢

出 版 人｜陈　涛
选题策划｜陈丽杰
责任编辑｜袁思远
执行编辑｜高春玲
责任校对｜张彦翔
封面设计｜艾墨淇
版式设计｜王艾迪
责任印制｜訾　敬

出版发行｜北京时代华文书局 http://www.BJSDSJ.com.cn
　　　　　北京市东城区安定门外大街138号皇城国际大厦A座8楼
　　　　　邮编：100011　电话：010-64267955　64267677

印　　刷｜河北京平诚乾印刷有限公司　010-60247905
　　　　　（如发现印装质量问题，请与印刷厂联系调换）

开　　本｜880mm×1230mm　1/32　印　张｜6　字　数｜180千字
版　　次｜2021年6月第1版　　　印　次｜2021年6月第1次印刷
书　　号｜ISBN 978-7-5699-3672-8
定　　价｜42.00元

版权所有，侵权必究

目录 CONTENTS

我们不再一起漫游/ *001*

致女郎/ *002*

致少年时的友人/ *003*

分离之际/ *007*

雅典少女/ *009*

诀别/ *011*

悼亡诗/ *014*

祈祷/ *018*

我愿做个无忧无虑的小孩/ *020*

辞别故国/ *023*
为他的女儿祈福/ *028*
我曾见过你哭泣/ *030*
哀希腊/ *033*
你临终时刻/ *038*
黑袍修士/ *039*
最后的胜利/ *042*
归来的异乡人/ *056*
唐璜/ *066*

我们不再一起漫游

亲爱的,就此别过。
我们不再一起漫游,
不再,消磨这幽暗的夜晚,
尽管此心缱绻,尽管月光灿烂。

亲爱的,就此别过。
宝剑能够磨破鞘,爱也能击碎心脏,
这颗心呵,它要停下来,
爱,也有停歇的时候。

虽然夜色为爱情而温柔,
但星月消逝,又将是白昼。
在这月色如银的世界,
我们不再一起漫游。

致 女 郎

曾扎束你秀美金发的发带,
今已缠绕住了我,亲爱的!
爱情的女神,
使我陷在梦魂之中;
它牢固的捆缚着我的心房。
使你我之魂同在一席;
使你我永不分离,
即便面对死亡,我们亦将在一起。

你嘴唇边的甘露洁白如蜜,
也不及这生命之羁,
在你明艳的眸子里青春闪烁,
吐露着爱情的绿意。
生命纵然在一呼一吸中消逝,
如花容颜不再,
我也不愿,失去你。
不必再收拾妆容,
你闪烁光彩的额头,
连同你我之心,
永恒的黏合为一体。

致少年时的友人

真诚与纯洁的快乐,
昔曾属于你我;
友谊无关乎名分,
故而,我们的情谊坚固且长久。

今日之我,
被俗情和烦恼所困;
逐渐发现,曾经的友情无论多么炽烈,
都已渐行渐远。

人心如此善变,
而你的心游移不定,
少时的友情如此脆弱!
禁不住光阴的磋磨。

如果失去了这段情谊,
也不必责怪上帝,
勿需怀疑,勿需懊丧;
是这一切铸造了完整的你。

像大海之潮,
情谊飘忽而从不疲倦;
怎会有如此炽热的心灵——
胸中是滚滚的热忱?

你我共同度过少时年华,
一起享受欢笑的时光;
我的青春已经逝去,
岂忍你永远留驻在孩童的幼稚中?

我们告别童年之后,
纯真的内心已被尘俗所侵染;
叹息一声,告别韶华;
成了纷繁世界的奴仆。

少年的春天,欢快和畅的童年!
雀跃欢呼,除却谎言,
自由的心,不凝滞,无拘束,
目光像宝石一样闪亮。

而今成年,我们的世界已变幻,
人是命运的工具;
希望和忧戚裹挟在一起,
爱与恨都不能畅快的表达。

已习惯将自我隐藏,

与世俗之人和光同尘；
"友谊"之名已被败坏，
这亦是命中注定。

我们岂能逃脱命运的手掌？
打破人性的节律，
不去扮演"棋子"的角色？

我的一生在蹉跎中，
生命的星光从未闪烁；
我对恶俗世界始终充满憎恨，
我甚至不关心自己何时辞世。

你的性格浮浪敏锐，
生命的光辉会一闪而逝；
宛若夜晚之萤光，
不能直视白昼的光明。
呼喊一经发出，
佞幸的人和贵族们就会聚集
（王宫花园，卑劣恶俗的温床，
像毒刺扎进人们的心）。

夜夜笙歌的你不停的欢会，
宛若蚁虫在人流中；
媚首于强者，同流乎奴隶，
可怜呵，你浅薄而脆弱的心。
在贵妇的衣香鬓影中像蝴蝶一般，

虚情假意，妆容怪异；
像蝇虫一样匍匐在花园里，
在不知其味的花朵间徘徊。

你的热情像沼气池中泛滥的臭味，
朝暮不得其所，东西不得其行；
没有一位贵族女子
看重这磷火一般幽暗的爱情！
没有一个人，将你视作朋友来关爱，
也许他心存此意？
你的友谊只配愚蠢的人去分享，
谁肯低下高贵的头颅，来俯就卑下的你？

劝你早日从浮华中抽身，
抛弃佞幸的情绪；
无论如何，不要自贬人格，
不要将韶华耗尽。

分 离 之 际

爱已成恨,恨成冰,
冰已成灰,灰随风,
静默无语,
黯然于分手的泪影。
那一刹那,预示着今日之痛。

晨光里是我额角的寒露,
已预告了我今时的心情。
你已蜕变——
蜕变的如此肤浅。
当人们提及你的名字,
我亦觉耻辱。

他们在我面前谈论你,
宛若敲一口通向死亡之路的钟。
我战栗的扪心自问,
往日为何对你情重。
他们不知你我为故交。
过往从密,

我久久陷在悔恨之中。
恨之至深,无可告人。

你我昔曾秘密幽会,
我沉默而悲伤。
你却自欺,且欺人,
将我们的过往弃之不顾。
在多年之后,
如我们偶然邂逅,
你我将如何面对?
恐只能相期泪眼。

雅 典 少 女

你是我灵魂的甘泉,
吾之所爱!
雅典的少女,
请将你的心给我以吻。

虽然我们即将各奔前程,
但我心中的爱永存。
在临别时倾诉我的爱意:
你是我灵魂的甘泉,
吾之所爱!
凭风掀起我的卷发;
此际,爱琴海的风抚摸着它。
凭我玳瑁边眼镜后的眸子。
亲吻你绝世容颜。
凭我狂跳的心脏!
向鹿般洁净的眼眸发誓:
吾之所爱,你是我灵魂的甘泉。

我渴慕你的香吻已久；
我多么想揽着你细柳般的腰肢；
凭鲜花情定此生，
那胜过世界一切的赞美。
用爱的甜蜜与热烈向你致意：
你是我灵魂的甘泉，吾之所爱。

雅典少女，
就此挥手诀别。
在你孤寂的时光，不要忘记我的爱。
虽然我将驶向伊斯坦布尔，
但我的灵魂与肉身永将属于你：
你是我灵魂的甘泉，吾之所爱。

诀 别

愿你平静,行在光明之路,
如果永别,愿你获得世俗的幸福。
我虽然盛怒,嫉妒,
但是请你放心,我永不背叛你。

当睡意袭上眼睫,
惯于枕着我胸口的你,
可曾惆怅?
我温暖且袒露的胸怀,
已然离去。

我的思想虽然艰深,
但却挡不住你妩媚的眼眸。
你可曾明白,
往昔生活,不该轻易丢弃。

我的爱人呵,
尽得世人之誉,尽得世间的美,
也只是对你的侮辱,
皆因为,你为我所承受之苦。

事已至此，皆因我之错，
唯有你搂过我的肩膀，
怎能再找到这般温柔的手臂，
为我的生命制造创伤。

请不要欺骗自己，
真正的爱不会轻易飘走。
唯有猛烈的撞击，会分开两颗心，
使之决然，分离。

你的心依然充满生机，
我的心仍然充盈爱意，
尽管，你我今生不能一见，
但我，永将承受爱的折磨。

我以无尽之语表达我的悲伤，
宛若哀悼逝者。
我们同处尘世，但却天各一方，
每天早晨醒来，我都抑制不住黯然情绪，
看着空空的床。

当我们的孩子绕床学语，
你将从他的身上看到我的影子。
你会否教他说，爸爸，
他虽不能直接得到父爱。
但他会用柔弱的小手拥抱你，

用小嘴儿亲吻你，和你偎依。
不要忘记呵，我的爱人，
我将永远为你祝福，我曾这样爱你！

如果你能在孩子的神情中，
找到我的影子，
你的心也会温柔的颤动，
感动于爱之于人的诚挚。

你深知我全部的过错，
但决然于我的痴狂；
你将我的希望全部带走，
它始终追随你，和你一同漂泊。

世间没有一种感情不会被击碎；
但世人不会因此被摧折。
（我将爱）献给你，却被你丢弃，
我的灵魂，因此而逃出我的身体。

我不停地倾诉，却无法打动你？
我的所有的言辞，软弱无力；
我们无法束缚的思想，
像野马一样奔逐。
愿你获得世俗的幸福，就此永诀。
亲情的纽带已经全部断开，
爱的花朵也已凋零，
死亡之神，却不肯有一丝怜意。

悼 亡 诗

你已归于大地——
人何在？花落鸟啼。
绰约身姿，惊世华容，
美人亦成尘，成土。

地母接纳你在她的怀里，
游人已在你的墓地里嬉戏，无所为意。
有一双深情的眼睛却被刺痛，
哪怕只看一眼你的墓碑，心就碎裂。

生死已是两茫茫，
你在碧落抑或寒泉？
我只愿你在梦的那一边，
花儿在那里开，草儿在那里长。

我终究还是明白，
我曾经的挚爱，生命的安慰，灵魂的伴侣，
和万物一样，会化作尘烟。
记忆不需要墓碑来提醒，

我的眷恋如梦,如闪电,如泡影。

即便是此刻,我依旧爱你。
正如你对我一往情深,
往日坚若磐石,
光阴不会令我的爱褪色。

死神阻隔了爱情与生命,
岁月却偷不去爱意,冷不了心,
即便是人类最重的谎言,也不能改变这一切。
逝者已矣!我的变化和堕落你都无从知悉,
念及此,好不叫人戚戚。

昔你与我共享生命的良辰美景,
今却将苦难留给我一个人。
狂厉的风暴,透明的阳光,
都已不能给你看,亦不能给你听。

在那没有梦的地方,
静谧和畅,
我也心驰神往,
我不会哭,也没有恚恨。
林花谢去是春红,毕竟匆匆,
竟使我不能看着你,随光阴凋零。

华枝晚春,不堪摧折,
纵然西风无意,

也不耐朝来寒风，晚来雨声。
我只愿多采撷香叶，
也不愿落红委身成泥。
俗人眼眉高，抑或低，最是黯然，
纤秾芳华易憔悴。

我不知自己能否禁受，
红颜消褪，青丝白发。
但我知道，
万千条晨曦越是灿烂，
尾随与其后的夜色越加黯淡。

你的韶光里没有一片阴云，
即便是最后一刻，你依旧是绝代芳容。
你是忽然间熄灭的明灯，
不是被时间逐次摧折的花草。
你像从宇宙深处坠落的陨星，
刹那间闪烁最美的光华。

我若像从前一样哀伤，
必定已泪泉盈眶。
念及我不在你身旁，
未能守护你，
未能触摸你被病痛摧残的脸庞，
未能拥抱你柔弱之躯在我胸膛，
未能握紧你无力的双手，
未能向你表白，最后的爱意，

这一切就已成了流光。

你把世上最珍贵的宝物,
留给我玩赏,
然而没有你,它又价值几文?
每一次对你追忆,一切都显得无意义。

你对我的爱,是永不泯灭的光,
推开生与死的幽暗之门,
明灭闪烁的时间之流扑面而来,
你依旧会回到我的心里,
埋葬了的爱情胜过一切,
除了那些我们共度的光阴。

祈 祷

只要你幸福就好,
我会一如既往地为你祈祷。
我多么想,我也这般幸福。
我羡慕他,你的丈夫,
每思及此,我的心都为之酸楚。
如果他不爱你——
我会像狮子般愤怒。

你的孩子,
我亦同样嫉妒,
我为他纯净的笑容,
而吻他,
也为了你,他的母亲。
让我陷在深深的惆怅里。
因为,我在他的脸上看到了他父亲的痕迹,
然而,我也欣慰不已——
因为,我在他的脸上还看到你——她母亲的眼睛,
完美无比。

玛丽——
你的生活如此美好，
我以虔诚之心为你祈祷。
我未敢在你身旁留驻，
因为，我的心会成为你的俘虏。

我相信时间的镰刀，
我把儿时的希望与恋情一起埋藏心底。
我多么想再次挨近你的身体，
看晨光暮云，和你一起。

你眸子的明光震撼着我，
我的心时而平静时而战栗。

你目不转睛地凝视着我。
却未发现我内心的巨变。
你只看到了，
我绝望而平静的脸。

再见吧，我的梦想，
往昔的岁月是无辜的——
传说中的忘川在哪里。
我的心早已破碎。
找不到从前的平静。

我愿做个无忧无虑的小孩

在壮阔高原的洞穴里栖身,张望,
于空旷苍茫的原野里游荡;
沉浮于蔚蓝夹杂雪白的巨浪;
我愿做个没有忧虑的小孩。
撒克逊的繁文缛节——
与我的自由精神相悖。
嶙峋崎岖的坡道,
使我为之痴狂,
(我欣悦于)巨石迎接惊涛骇浪。

我厌倦于蝇营狗苟的奔忙,
我不喜欢被奴仆辞让;
命运之神——
收回大地的丰芳。
让我回到苍凉,但却壮美的吾乡,
倾听海浪与岩石的交接;
凝视我幼时熟悉的风光,
我只求看到,我熟悉的地方。

年少时的我,
也有过梦境构筑的辉光。
那是一个幻觉,但是极乐之乡。
(可鄙的)现实,
我不屑于你美丽的光,
(请不要)把我引向世俗世界的泥浆。
我已然明白,
这不是,为我而设的世界。

爱情离开了我,
友情已然远遁。
这使我的内心怎能不寂寥,
我已失去了原有的希望。
我只能在一瞬间躲避悲伤,
醉酒(固然)使痴愚的灵魂得到振奋。
心里依然装满了凄凉。

让我恢复友情的甜蜜,
请归还我青春爱情的美好;
须躲开夜夜笙歌的交际,
否则欢乐徒有其表。

美得不可方物的人呵,
莫非你就是,
我的希望、安慰和整个世界——
连你的笑靥也魅力不再。
我的心怎能不结满寒冰。

世俗世界是贫乏和安稳的,
我告别它而毫不留恋。
我的满足来自恬静——
那是美德以及似曾相识的熟悉。

离群索居,
并不知为躲避。
我想寻觅幽深而遥远的山谷,
暮霭和晦暗相接。
假若给我一双羽翼,
（可如）归巢之鸠鸟,
我也仍然要展翅长空,
去超逸的远行。

辞 别 故 国

一

别了！我故国的海岸，
别离于入海的江干；
晚风呜咽，海浪也发出悲叹。
鸥鸟低徊，如此伤感。
海上的夕阳落下了桅杆，
我的船就要扬帆；
向太阳、向你辞别，
别了！我的故园。

二

月落晨光现，
太阳又会照耀人间，
一切开始于新的一天；
我将大声呼唤，
——碧海——蓝天
然而，我不见我的家园。
轩敞的屋宇已不见，

到处是蔓草荒烟；
野草爬上了昔日的壁垣，
门边哀鸣着的，是我的爱犬。

三

来吧！我的小书童，
你为何伤心哭泣？
你为大海的凶险而担忧，
还是怕狂风掀起激流？
请莫哭泣，我的朋友；
我的船坚固，轻捷，是幸运之舟，
即便是家里最凶猛的猎鹰，
也不能像它一样追逐风的势头。

四

风只管呼啸，浪只管狂涌，
我从不怕惊涛骇浪；
但是，我尊敬的小少爷呵，
你可知我为何这般悲伤；
只因我拜别了家乡，
与严父慈母分离，
身在贵方，何等迷惘，
我只有你，以及上帝。

五

父亲为我祝福，
他从不哀怨叹息；

母亲却忧虑重重,
期望我早日还家。

哦,我亲爱的朋友!
原来这就是你哭泣的理由;
我若像你一样单纯,
我也会潸然泪下。

六

来吧,来吧,我的朋友!
你的脸色苍白而且惶恐?
你是怕法国人的强悍,
还是怕风暴的肆虐?

小少爷,你以为我贪生怕死?
不,我绝非恐惧战斗的懦夫;
我是挂念心爱的妻子,
才被折磨的这般苍白。

七

看呀,就在湖的那边,
距离少爷家的府邸不远,
那里有我的妻,还有我的儿女;
孩子们想念父亲,大声呼唤,
让我如何不觉生命惨淡?

不要这样,我的朋友!

我深知你的悲伤；我也为你感叹，
但我心坚，
辞别故国大可付之一笑间。

八

谁会相信情人们的眼泪，
那虚假的伤感？
刚才还泪水涟涟，
一会儿又对新欢笑语灿然。
我不畏惧于目下的困难，
也不为旧情遗憾。
我真正伤心的是：
这世上已无一事可使我留恋。

九

如今我孑然于天地间，
在无边的大海上扬帆；
我没有亲人与朋友的牵念，
也不为俗情感叹。
我辞别之后，即便是我的爱犬，
也会追随新主人；
光阴荏苒，我若靠前，
它也会像对陌生人般将我撕烂。

十

我的舟楫呵，我凭借你纵横海上，
搏击于狂流与飘风中；

你将我从异乡送到异乡,
只是切莫回到故乡。
我将颂扬,苍茫的海浪!
当大陆向我奔来,
我总是欢呼于远方的岩窟、荒漠!
我的故乡呵,从此永别!

为他的女儿祈福

父亲啊!既然你为了祖国,
祈愿胜利的荣光,
既然,神要女儿献祭,
那就刺穿我裸露的胸怀,
让我流尽最后一滴血。

我的哀伤已归于平静,
由你亲手将我送上祭场,
山川无法将我寻觅,巨岳无法将我庇护,
一切已无可留恋,
这是毫无痛苦的分离。

父亲啊,相信我吧,
你的女儿流着高贵而纯洁的血液,
如同我为之企求的福祉,
和我临死前明净的思想。

撒拉的少女们啊,不要哭泣,
我为你们争得胜利;

战士和英雄们也哀叹,
我们的祖国获得了伟大的胜利之光!

父亲啊!
你所赐的高贵之血已流尽最后一滴,
曾唱出嘹亮之声的歌喉也已喑哑,
我为你骄傲,
不要忘记我凋零时的微笑。

我曾见过你哭泣

我曾见过你哭泣,
宛若紫罗兰沾染晨露,
你的泪晶莹如珍珠,
挂在蓝色的双眸——

我曾见过你哭泣;
宛若朝阳霞光中的林木。
氤氲的晨雾,
未于流光中轻逐。

我曾见过你笑,
宛若宝石的辉光闪耀,
火焰也不再跳跃。
微笑扫除了抑郁的黑鸟,
像暖阳普照。

伯沙撒的预言,
君主踞于高高的宝座上,
高官们熙熙于华堂;

数千盏水晶灯一起闪亮,
宫廷的夜宴灿烂辉煌。
一千盏纯金质的酒杯——
这是神之器——
本属于天国,
此时却归于异教徒。

一只手显影在墙上,
书写字行,
宛若潮水涌过沙土。
这是世间从未见过的手臂,
但却与人类的手一模一样,
字迹留在墙上,
仿佛是出自魔杖。

君主受了大惊吓,
脸色死灰如土,
声音颤抖而无力;
他慌忙下谕旨撤销宴席,
诏来帝国的智囊、著名的学者、占卜者,
要他们解读墙上留下的字行。
迦勒底的占卜者富有智慧,
然而对墙上的字却一无所知,
那些神谕,宛若天书般难辨。
巴别的饱学之士满腹经纶,
智慧的长者学识深厚,
然而依旧徒劳。

他们瞠目结舌，无一人识得墙上的字。

帝国境内有一位囚徒，
那是来自异域的青年，
他奉君主的诏令，
也来破解墙上的神谕
——传说中的预言。
水晶灯照耀宫廷的四壁，
神秘的字宛然宝剑所刻；
他立刻解读了语言，
次日便得到验证。

"迦勒底国气数已尽，
已掘好伯沙撒的坟；
将他置于审判的天平，
其轻如鸿。
以君主之袍服为裹尸布，
华盖成为墓碑；
玛代人冲破了宫殿重门，
波斯人登上君主宝座！"

哀 希 腊

一

希腊呵,壮美的希腊诸岛!
美慧的萨福曾在此唱过恋歌;
在此,战斗与艺术之花一同绽放,
狄洛丝升起,阿波罗飞出大海!
永恒之夏将希腊群岛镀上金色,
可是,除了太阳一切都已沉沦。

二

凯奥的缪斯,提奥的缪斯,
英雄的金色竖琴,恋人的银色乐器,
曾在你的海岸奏鸣,
如今却在它的源头嘶哑;
哦,歌声已经漂流西部
超越于先祖的岛之乐园。

三

莽莽苍苍的山峦俯瞰马拉松,
马拉松遥望万顷碧波;

我独立于此冥思,
梦想着希腊恢复自由的荣光;
因为,当我站立在博斯墓碑前,
我不能想象自己是一个奴仆。

四

一位君主独立危崖,
眺望海外的萨米拉;
港口停靠千帆与木筏,
还有万千大军紧跟着他的战马!
晨光微露时他清点人数,
但红日西沉后他们都在何方呀?

五

如今他们在何方?你在何方,
我的伟大祖国?在沉寂的大地上,
英雄的赞歌已沦丧——
英雄的心也不再跳荡!
就连你珍爱的竖琴,
莫非也将遭到我低俗的玩赏?

六

好吧,跻身在奴隶者的族群,
尽管荣誉化为烟云,
但一个爱国者的忧怀,
还让我作歌时愤懑;
因为,诗人在此能有何成就?
为希腊人含悲,对希腊掬一捧热泪。

七

我们难道只会溪亭垂泪?
而不知惭愧? 我们的先贤曾经流血。
大地! 把斯巴达勇士的骨骼
从你之怀中释放几个吧!
就算只有三百勇士中的三人,
也能让德摩比利的战役再现!

八

呀,仍然是万马齐喑?
不! 倾听那古代英雄的长鸣,
像飞跃之下的河流欢呼,
他们回应:"只要有一个人活着,
登高一呼,我们就归来,归来!"
可惜! 现在的活人却毫无声息。

九

罢了,罢了;尝试别的方法吧:
倒一杯萨默斯的醇酒!
把战争留给土耳其人,
让凯奥的葡萄酒如血流淌!
听啊,酒徒们欢呼雀跃,
他们对这不名誉的号令发出了回应!

十

你们还会比瑞克的舞蹈,

但比瑞克的方阵在何方？
这是两课，为何只记得其中之一，
而把高尚与坚强的美德忘记？
开德摩斯创制文字，
难道是赐予奴隶？

十一

把萨默斯的美酒斟满！
我们暂且抛开这个话题！
这酒水曾让阿纳克瑞翁为神歌唱。
不错，他曾屈服于波利克瑞迪斯，
那是一个疯国王，
但这疯子至少是希腊人。

十二

克索尼萨斯的疯国王，
是自由者最忠实的友人，
疯国王米太亚留名至今！
呵，但愿我们现在能够拥有他，
一个国王和他同样聪明，
他聚散沙成铁塔使我们不受外凌！

十三

把萨默斯的美酒斟上！
在苏里的岩峰上，在巴加的海岸上，
住着勇士最后的子嗣，
他们无愧于斯巴达人之母所生；

在那里，优秀的种子传播，
也许，是赫拉克勒斯的骨血。

十四

自由无法依赖外人，
别国的君主只看重交易；
希腊之剑，希腊的勇士，
是战斗的唯一希冀；
土耳其的炮火，拉丁的欺诈，
会内外呼应打翻希腊。

十五

把萨默斯的美酒斟上！
树荫里跳舞的是我们的姑娘，
她们的眼睛乌黑雪亮，
看着她们美艳的模样，
我不禁热泪盈眶，
她们，难道也要养育奴隶？

十六

我攀爬苏尼阿的峭壁，
可以听见人们的低声细语，
让我像天鹅之死般哀鸣，
我不愿做奴隶之国的子民，
不如把萨默斯的酒杯毁弃。

你临终时刻

你临终时刻,声名载于史册;
你故乡的谣曲为你讴歌,
记述她英雄儿子的传说,
将他用刀剑战斗的故事传播,
他事业的辉煌,他战斗荣光,
以及他所夺回的自由!

我们已获得自由,纵然你的鲜血泼洒,
你不会与死神交接;
你身上的高贵血液,
怎么会流入土壤,
它正在我们的血脉里回响,
你的魂魄寄予我们身上!

你的姓名是进军的号角,
号召着冲锋的勇士,
合唱曲的主题——永远是对你的颂扬,
从少女们的歌喉中飞出旋律;
恸哭有损你的荣誉,
你绝非被哀悼的英豪!

黑 袍 修 士

注意啊！注意！那黑袍修士，
他坐在诺日石碑边上；
半夜时分，他犹念诵经藏，
像昔日大弥撒时闪亮。
当阿蒙德维——山区最有权势的人，
高举权杖，
占领了诺日修道院的厅堂，
驱逐修士们，只有他，
不离不弃，不曾仓皇。

占领修道院的士兵们高擎国王法令，
收取教会之地，强令修士行世俗人的生活；
士兵的利剑辉映臂膀，
火把熊熊，恣肆疯狂，
修士们无人抗争。
只有这黑袍修士被留下，
没有被驱逐，也没有被抓捕，
但却不像凡俗中人；
他有时闪现于走廊，

有时飘忽于教堂，
白昼看不清他的模样。

他能够赐福，还是降临灾异，
无人知道，
阿蒙德维的这座府邸，
他未见离开。
当主人家大婚，
大礼时，他总在一旁；
当主人家居丧，
他也不缺席——但不是吊念。

主人的幼子诞生，
他却放声悲恸；
这古老的家族即将历劫，但不会新生。
他在月光下飘动；
只见移动的身形，却看不清面孔；
他的脸覆盖黑巾，
在一瞬间瞥见他的神光流溢的瞳孔，
诡异如同黑天使降临。

注意，注意呀！那黑袍修士，
他依旧拥有神秘之力，
他接任教会的大统，
轻视世俗间的权力，
白昼，阿蒙德维发号施令，
幽暗的夜，黑袍修士才是真正的主人，

他的威权，无人敢问，
甚至在宴会酒酣时，
也无一个官吏敢质询。

当他漫步时，请不要和他说话，
因为他默然无语，
他披着黑色的教士袍子走过，
就像露珠从草间滑落，
不论他的善恶，
愿上帝保佑他，
不论他为何而祈祷，企求什么？
愿他的灵魂得到救赎。

最后的胜利

多少光阴逝去,
科林斯累遭战火与风暴,
她岿然不动,渊渟岳峙,
一座受到神庇护的自由之城。
任凭烈风攻掠,山呼海啸,
她洁白而伟岸的岩石,依然安详。
宛若大地之基,
傲然挺立在山巅。
她是两脉巨流的分界,
(巨流)在山岩两侧漫卷波涛,
相互撞击,洪波涌起,
然而,却在城下温驯,停驻。
从提摩连厮杀中的男儿,
到波斯入侵者溃逃,
科林斯历经腥风血雨,
伏尸百万,流血漂橹。
战亡者之血若从大地涌起,
将成赤色之海,
淹没平静的地峡;

战亡者之骨若累累相积,
将成白骨之塔,
塔之巅素云飘飞,
塔之下大地静默,
胜过屹立在云端的雅典卫城。

在铁青色的西斯隆山上,
两万支铁矛闪烁寒光,
山下的平原地峡,野花芬芳,
从港口到海岸,无限苍凉,
连营的帷帐,
在敌军的进袭线上。
新月之帜下的森然须发中士卒迷茫,
土耳其人的骑阵中杀伐跌宕;
从远至近,视线所及的地方,
头缠长巾的士兵列阵海滩上;
阿拉伯人安抚焦躁的驼群,
土库曼人离开羊只;
鞑靼人回旋战马,
战刀悬在皮带上;
轰隆之声宛若雷鸣,
大海的怒吼也显得安静;
护兵坑已掘好,大炮就位,
城墙在炮火中崩塌,
矢石掠过充满死亡的大地;
战争的飞鸦扑向城头,
炮石的锋刃划开天空;

然而，城市的守卫者丝毫没有退却，
他们将怒火还给入侵者，
箭矢与抛石准确地落在敌阵中，令敌死伤惨重。

在破城的敌人中，
有一人最为勇猛，
他手段凶狠，策略高明，
远在奥斯曼子弟之上；
他有犀利的刀剑，傲慢的眼睛，
像从尸骨相藉的战场上凯旋的国王。
他冲锋在前，锐不可当，
他击打着胯下汗水淋漓的战马；
在箭矢中反复冲杀，
即使最勇敢的土耳其人也为之惊惧。
城防的炮台始终未能夺取，
他立即下马驱策士卒进攻，
松散的士兵们凝为一体，
在他的带领下前进，
就连伊斯坦布尔的苏丹也为之赞誉，
他就是艾尔普，亚德里亚海的叛逆者。

他出生在奢华之都——威尼斯城，
他的先祖曾是那里的望族，
然而他已抛离故国，
投向敌人。
他已剃光前额，围上长巾。
科林斯主权已变，

与希腊一样,同归威尼斯管辖。
在此岩石铸就的城下,
面对威尼斯和希腊,
那属于彼者又成彼之敌。
这年轻的叛逆者为之激动。
在他熔岩般的胸腔下,
聚集着岩浆般流溢的痛苦。
对他而言,威尼斯已非自由文明之都。
圣马可的殿堂中,已种下无名者对他的诅咒,
于"狮之吻"中写满对他的憎恶言语。
他逃离及时,
在后来的岁月中锻造于战斗,
使故国明白,他要高举新月之帜复仇,
未雪耻,毋宁死。

并非为复仇,
艾尔普才蹉跎如此之久,
他思虑破城之术,
督促土库曼战士进击。
艾尔普也曾拥有希腊人的身份,
他曾满怀希望,
试图迎娶科林斯城中的少女;
却被她苛严的父亲严厉拒绝,
在此之前艾尔普乐观平和,
无变节之恶;
他曾徜徉于游船,尽兴的跳舞,

留恋于狂欢夜,
弹奏小夜曲,
献给夜晚的意大利少女,
呀,亚德里亚海滨的生活曾经何等甜美!

守卫科林斯城的是米诺蒂,
他手握共和国总督的权杖,
和平之神抱以怜悯的微笑,
凝视着被遗弃的希腊诸邦。
米诺蒂带着他美丽的女儿,
在这大战一触即发的城市。
爱情,引发一场战火。

炮火击毁的城垣,
在晨曦的熹光中斑斑驳驳。
第一波激烈的杀伐之后,
战死的将士们葬于巨大砾石下。
万物静默,默哀已毕。
艾尔普的营帐扎在大海边上,
刀枪林立,岗哨森严。
巡营结束后,他发布了命令。
这是大战前最后一个静谧的夜晚,
明天一切都将结束。
复仇获得满足,爱情馈以礼物。
长期以来的努力,将得到报偿。
此夜,艾尔普辗转反侧无法入眠。
他无法在帐中等待东方的太阳,

走出军营,漫步到海滩上,
成千上万的士卒在水边安卧,
枕戈待旦。

艾尔普坐在海边建筑的残存石柱底座上,
托腮思考,
他的身体向前倾,
他的头颅低垂,
他的脉搏跳动着,他的情绪低沉,
他用手指敲击额头,
仿佛敲击琴键,
音乐的旋律在手指间被唤醒。
他保持着沉思的姿势,
坐在那里。
风从石头的罅隙里流过,
在夜晚传来哀怨的叹息,
如泣如诉,如怨如慕,
他抬起头向海面上眺望,
大海平滑如镜,
刚才的声音从何传来?
葳蕤的草木未动,
凝重的军旗也不曾飞扬,
就连西斯隆山上的树木也沉默不语,
面颊上也不曾感受到风拂过,
这声音意味着什么呢?
他向右转头,几乎不敢相信自己的眼睛,
一个少女坐在那里,婉约而娴静。

他猛地站立起来,我的主啊,
他终于看清那婀娜的身影,
那是弗兰西斯卡,他魂牵梦萦的姑娘,
这是两军交战之地,你怎么会在这里?

(弗兰西斯卡说:)
"我放弃荣宠,寻找我的挚爱,
是希望上帝赐给他安乐、光明,赐予我快乐。
我越过城垣、哨卡、游骑,
为了寻找你我不惜冒险,绕过敌军。
传说狮子若遇到纯贞的少女,
也会畏惧她的光彩,远远躲开;
上帝庇护善良的人,
逐走森林中的暴君,
他的仁慈,必定护佑我,
不使我落入围城的异教徒军中。
我来此,是期望你改过自新,
你放弃了你祖先的信仰,
这简直是骇人所闻,
快丢弃缠头的长巾,
只要你回到上帝的怀抱,我和你永不离分。
明天我们就结婚,只要你抹去灵魂的污痕。"

(艾尔普说:)
"我们的婚床,要架在战死者的血肉之上,
我要血洗科林斯,让战火燃遍它的每一个角落,

我已发誓,除你我之外,
明天将毁灭这座城,
我将带你去世外桃源,
与你携手一生,直到死亡降临。
但我一定横扫科林斯,
使他为曾经的骄傲付出代价。
我要使威尼斯人知晓,
我决不可被侮辱,
我将用毒蛇般的鞭子回敬他们,
正因他们的卑劣和偏狭,我才成为他们的敌人。"

(弗兰西斯卡说:)
"如果因我之爱,你不能舍弃这一切,
那你可否爱天国!
快丢弃你的缠头长巾,那是罪恶的象征,
快发誓悔罪,向你曾伤害过的故国忏悔,
若你依旧顽固不化,则此生不能见我于人世,
更不会在天国相见。
若你答应我的请求,尽管你将负载一个沉重的命运,
但你将会得到的上帝的宽恕,
天国的门依旧为你敞开,
若继续执迷不悟,则诅咒必定施予尔身。
你看阴云正遮蔽月亮,
那云气即将流散,它无法永久遮蔽明月。
我的初衷永不改变,
若你不悔改,则在现世得到惩罚,
亦将在死后承受永恒之劫。"

他仰望遮蔽明月的浮云,
一言不发。
他望着那流云飘散,月色如银。

(艾尔普说:)
"无论我将迎接怎样的命运,
我都不会做一个朝三暮四的人。
规劝的言辞已经太晚,
是威尼斯将我变成他的敌人,
芦苇被风吹过后会竖起,
参天大树在风暴中也会战栗,
和我一起走吧,弗兰西斯卡。"
然而,已不见她的身影。
除了残柱屹立,不见芳魂,
她仿佛消失在虚空中,又仿佛遁入了大地下,
无影无踪。

太阳闪烁金色的光芒,
这仿佛是黎明放飞的快乐翅膀,
清晨褪去灰色的衣裳,
显露他伟岸廓大的模样。
战鼓如暴风骤雨,军号声高亢嘹亮,
号角声悲哀苍凉,
军旗翻飞,张扬,
战骑嘶鸣,万众如同虎狼。
短刀出鞘,长矛的锋刃闪光,

鲜血在激战中飞溅，
艾尔普的大军突破了城墙，
杀戮，掠夺，战火使人疯狂。
物产被掳走，房屋燃烧熊熊大火。
刀枪撞击声夹杂哀鸣，
急促的脚步沾满流血的脚印，
然而依旧有人在抵抗。
十几个科林斯的勇士背对背靠近墙，
决不投降，
他们与围攻的敌人厮杀不停，
直到最后一位勇士战亡。

有一位头发花白的老将军，
他以一当十，血战数军犹毫无惧色，
他用手中的剑击杀持矛的敌军，
战死者的尸体在脚下堆满成环形，
仍然毫无退怯之意。
他尽管被包围，仍旧且战且退，
从前战争留下的疤痕掩盖在胸甲下面，
他身上的每一道伤疤，
都是历次战争的馈赠。
他的身躯像钢铁一般坚韧，他像狮子一样勇猛，
即便是最勇猛的敌人，也无法靠近。

他横刀持戈，
使敌军的进攻受到遏制，
（艾尔普说：）

"米诺蒂!投降吧。为了你和你的女儿弗兰西斯卡,
放下武器,投降吧。"
(米诺蒂说:)
"你这叛徒,我绝不会投降,
哪怕你能赐我生命永恒,我也绝不会投降。"
"弗兰西斯卡——我的新娘,
你的女儿,难道你也要她为你的骄傲而绑上战车?"
"她已十分安全,你不要妄想。"
"她在何方?"
"天堂。你那肮脏的灵魂,永远也不会玷污她。"
米诺蒂说完,脸上露出阴郁的笑容,
艾尔普的身体仿佛受到猛烈的重击,
呼喊道:
"哦,我的主啊,她在何时逝去?"
"她凋零在昨夜,我不会为她奔赴天国而流泪,
我纯洁的族人无人做异教徒的奴隶。
来吧,艾尔普,拿起你的刀枪向我进攻。"
但是艾尔普没有来得及回应,
教堂门口忽然响起枪声,
准确的击中了艾尔普,
他翻滚着栽入尸体堆中,一动不动。
米诺蒂的怒火倾泻之时,
不曾想复仇之刃已完成宿命。

战场上传来一阵欢呼,
又传来一阵哀鸣,
一方欢声雷动,一方怒火冲天,

两军短兵相接，白刃溅血，
刀光剑影，枪矛索命，
无数英勇的战士倒在尘埃中，
一波又一波进攻被打退，
米诺蒂绝不肯后退一步，
哪怕敌人十倍于己。
他的属下皆为百战死士，
士气正旺，完全无视大敌。
教堂仍旧控制在他的手中——
正是这里射出复仇的子弹，
几乎为全城的人们报偿，
击杀了艾尔普，那敌军中最勇悍之士。
米诺蒂步步为营，且战且退，
杀出了一条血路，
敌人每前进一步，都要付出巨大代价。
最后，米诺蒂和他的将士们终于在教堂会合，
那有坚固的防御工事，
使他们得到暂时的喘息。

面色严峻的米诺蒂，
独对祭坛，
凝视着圣母闪烁光晕的容颜，
仿佛来自天国的光辉，
他的眼中充满希望和光明。
这画像悬于祭坛，
是因为可以凝聚我们的思想，

当凡人跪下，
看见她与圣子。
她对每一个虔诚祈祷的人微笑，
仿佛我们的愿望已经上达天国。
她面带微笑，始终如此，
尽管屠杀者已经跨入她的殿堂。
米诺蒂抬起苍老的眼睛，
祈祷着，轻声叹息，
他手持一燃烧的火把，
望着破门而入的异教徒。

石头的纹理闪烁光彩，
浮雕虽曾遭到污染，涂画，毁坏，
遭遇刀剑和盔铠的撞击，
但是光辉依旧。
石板之下，
是逝去者的墓穴，
上面镌刻着他们的姓名，
如今沾染了血污，已经模糊不清。
地面上俱是尸体，
微光里略能看见他们的面容。
巨大的地穴里陈列着石棺，
幽暗，潮湿，光线灰暗，
寒冷的空气裹着锈蚀的铁栏。
当战神进入地穴，
在这里储藏大量火药，
并连接导火索，

这是米诺蒂对敌的最后一招。

敌人冲了进来，前锋的敌人哄抢着，
教堂里的宝物，他们以为这是战利品，
米诺蒂微笑着，点燃了导火索。
一声巨响，高塔，祭坛，石棺，尸体，
缠着头巾的异教徒，守卫教堂的基督徒，
都被抛上了九霄，灰飞烟灭。
在巨大的轰鸣声中，
城垣崩塌，城市倾颓，
就连大海的浪涛也在那一刻倒卷；
山峰为之颤抖，大地为之震颤，
所有的东西都被掀上了天空，
火焰般的云翻卷，一场恶战就此画上句号。

大海悲痛已久，飞鹰也离开岩缝里的巢穴，
朝着太阳的方向飞翔，
两翼下的阴云太过恐怖；
战尘侵袭它的喙，
它飞得更高，鸣叫的更加嘹亮，
科林斯在最后一刻战胜了敌人。

归来的异乡人

我们亦当知道,
天主教国家的忏悔日,
在此日来临之前,
信徒们都寻欢作乐,尔后斋戒,
以便忏悔时有事可以忏悔;
无论贵族还是平民,
他们都滥饮狂歌,大肆玩乐,
只要能达纵情享乐的极限,他们无不乐意仿效。

遮蔽天空的夜幕越幽深越妙,
这个时辰丈夫们不受欢迎,
却为情人所渴望。
伪君子撕下面纱,
狂浪的挑逗着异性,
歌声的旋律火热,吉他的曲调颤抖,
到处是打情骂俏的声音,
放荡的标志贴在人们的脸上。

男女们穿着奇装异服,戴着旷古绝今的面具,有些面具仿佛来自希腊、罗马,有些则来自东方的印度,还有的像美国的风尚。
小丑施展浑身解数,扮花脸的弄人极尽所能。
土耳其的奢靡服装登场,犹太人的衣装灿烂辉煌,
自由的思想家们,请你们记住,
你所能想到的服饰,都可在这里做戏,
但只有一件:那就是教士的袍服,
在这个国家:不容亵渎。

此日为狂欢节,
书面原意为:与肉食告别。
节日的名字也算名实相符
因为四旬节即刻吃鱼斋戒。
然而为何狂欢?
如此迎接四旬节,使人不能理解。
也许就像为友人饯行,
痛饮一杯酒,而后纵马离别。

亘古以来,狂欢节最盛大,
无论是歌声、舞蹈、演剧,或者唱给情人的小夜曲,
和各种杂耍剧目,都以威尼斯冠绝一时,
没有任何城市可以企及,
就在我写这篇作品的时候,
这座海上的城市依旧奢靡绝伦。

威尼斯的女人,美艳不可方物。

弯弯的眉,含情的眸子,妩媚令人沉迷。
这是古希腊美惠女神雕像面庞(再现)呵。
现代人无可模仿,
她们宛若画家提香笔下的维纳斯,
那作品至今犹在翡冷翠,你可以与之对照,
她们的姿态与动作,
像画家乔尔乔涅作品中的人物,倚着阳台向外张望。

好吧,让我来讲这个故事,
也许是三十年前,或者四十年前也未可知;
狂欢节进行到高潮,
有一位妇人在看节目,
(她的名字人们早已忘却,
我们姑且叫她劳拉。)

她的丈夫常年航行于海上,
有时到达亚德里亚海,有时到更远的大洋上,
他回家的时候,正好检疫隔离,
被关在港口的船上四十天,
他的爱妻正好登上城里的高楼,
从楼顶向远方眺望。
(她丈夫是在阿颇勒城经营生意的商人,
名叫丘塞普,简称贝博。)

他是个结实而爽快的家伙,
常年的风吹日晒,把皮肤变成了棕色,
像在制皮革的工厂里上了色,

他通晓事理，为人平和，
在航海者中几乎无法找到如此良人。
而他的妻子，虽然举止不像大家闺秀，
但是德行获得大家认可，
如果有人想引诱，也只会自讨没趣。

劳拉与贝博多年未见，
传说贝博已沉船丧生，
或者亏本有家难回，
甚至有人下了赌注，
一方说他能回来，另一方说他永无归来之日，
似乎只有输赢才能证明一切。

劳拉期待已久，也曾整日哭泣，
她昼夜难寝，也曾对月垂泪，
每次听到风吹百叶窗，
她都以为是盗贼或者精灵的闯入；
她渴望男子丰美的身体，
她需要安慰，
她需要安全感，
对女人来说这也合乎情理。

女人看男人的眼光，从来毫无道理，
她们喜欢坏男人，也被坏男人所宠爱。
劳拉不知贝博的生死，但是她需要爱情。
这时候一位风流伯爵闯入了她的世界，
他是公认的多情种，富裕而且出手豪阔，

跳舞，斗鸡，赛马，种种玩乐他无一不精，
女人们恨他，却又喜欢他。

伯爵玉树临风，无限钟情于女人。
女子们为他的笑容心碎，却又对他毫无怨恨。
他柔情款款，使情人们为他甘心付出一切。
他的心坚若磐石，但在情人面前却柔若蜜糖。
他像情圣卡萨诺瓦一般，
对方虽是花心，他却付出忠贞。

劳拉与伯爵订下风流之盟，
六年光阴里他们琴瑟和鸣，
偶尔有小斗嘴，也像是美好乐章里的小插曲，
嫉妒，赌气，那也无妨，
无论是王侯将相，还是引车贩浆者，
都不能避免爱情里的含酸泼醋。

音乐——响起，
晚妆映照着明雪般的肌肤，
歌舞交替，劳拉也在其中，
这是博伊姆贵妇人的化装舞会，
衣香鬓影，春殿上花团锦簇，
为了准备这盛会，她们花了六个星期。

笙箫齐吹，劳拉舞动霓裳，
像从天空降临的天使，

烛花跳荡，脂粉扑鼻
她是瑞多特——这舞会上的真正美人。
她们餐后舞蹈，欢乐不停。
她飘荡在云集的淑女中，
笑意弯了嘴角，快乐在眉梢充盈。

她与一位贵妇低语，又与一位女爵大笑，
有时顾盼神飞，有时微微颔首；
她叹气说天气太热，
他的情人就奉上柠檬水——
她只是抿湿了嘴巴，就又穿梭在人群中，
先是高谈阔论，之后又冷眼环顾，
甚至蔑视朋友的俗气。

劳拉在檐廊下看人，
人们也看着她，
她装腔作势，备受女友的嫉妒，
衣装高雅的男士们向她献媚，频频致礼，
有一个人目不转睛地盯着她，
两眼仿佛钉子一般，那是一个土耳其人，
他尊容不恭，令劳拉十分恼怒，
她听说土耳其人奉行多妻制，
妻子的地位很低，在家里还不如一条狗。
他们会娶四个妻子，但往往妻妾成群。

土耳其人凝视着劳拉，

这目光不像一个外乡人,倒像本地人,
他好像说,我爱你。
假如凝视能够赢得芳心,那么他一定会成功。
劳拉久经情场,却不会轻易上钩,
她听惯了男士们的恭维,
外乡人的眼神无法将她打动。

劳拉在舞会上寻欢作乐,长达七个钟头,
如果到天明,倦意一定丛生,
她行过贵妇的礼节,向女伴们告别。
他的情人拿着帽子和披肩,
像骑士一样服侍她,
牵着她离开舞厅,扶她走下台阶,
可是他们的船却不见了,
那华丽的小艇竟不在长停的位置。

侍从帮伯爵和劳拉找到了小艇,
劳拉坐在情人的身旁,
夜晚的水面如此恬静,
他们笑谈舞会上的趣闻,
衣装和人们的舞姿,
以及道德败坏的传闻。
正当他们走近家门,
他们惊异地看到了那位土耳其人。

先生,你没有预约就驾临我的大门,
这好像不合礼节。伯爵严肃地说。

如果你不尽快离开,你会知道这件事的严重性。

不,先生,我只是跟着我的妻子。
你身边的这位女士,正是我的爱人。土耳其人说。
劳拉顿时变了脸色,惊愕,愤怒……
伯爵压住愤怒,低声道,
我想知道详情,请进吧。
我们不必为此事争吵,也不要高声喧闹。

伯爵和劳拉,以及土耳其人进了大厅,
仆人奉上了咖啡,稳定了大家的心神,
劳拉终于开口,贝博……
你的胡须长了,你还缠了头巾,
你在外游荡不归,此时忽然出现,
难道不觉得有失体面?

贝博回答道:
我曾遇难在海上漂流,与狂风搏斗,
我曾在特洛伊古城的废墟上为奴,
每天除了面包,还有皮鞭。
我也曾被海盗裹挟而去,成了他们的伙伴,
在海上劫掠,成为灰色的富翁。

他拥有很多财富,开始思念家乡,
他迫切,热忱,期望回到妻子身旁。
他不愿做一个孤独的海盗,他不愿意天涯流落。
他雇用了西班牙的船,开往科孚岛,

他腰缠万贯，却在船上装载烟草，
登上甲板的时候，他不知道自己随时殒命，
天知道这一切是多么凶险，
每日在大风催逼的海浪中沉浮，
除了潘恩角航行的三天风平浪静。

停靠科孚岛后，他更换了货物，
和身上的跳蚤一起——
钻进了另一艘船的舱底，
他打扮成一个货真价实的土耳其商人，
贩运种种奇珍，
把脑袋挂在裤腰上的生活，并未使他——
忘掉自己的家，
他的伪装十分成功的混过了关吏，
就这样重归威尼斯，
他想重新拥有从前的一切，
信仰、声誉、房产和心爱的妻子。

他脱下土耳其人的装束，
借穿了伯爵的衣装，
他与妻子一起回家，并且重新接受洗礼。
当然，他免不了要捐教堂一些钱，
他与朋友们久别重逢，
更加密切，因为他豪富而阔绰，
他的传奇经历成为宴席的笑料，
但我认为那都是向壁虚构。

年轻的时候不论怎样受苦,
年老的时候终究获得了财富,
富裕和传奇似乎补偿了他,
然而妻子有时候也不免令他愤怒,
因为她偶尔还与伯爵交接,
我的故事本该完结,可是这支笔总是留恋,
未能戛然而止。

唐璜

一 身世

沧海横流,英雄方出。
人们需要英雄,
所以报刊也连篇累牍,
试图通过舆论制造英雄。

然而经过时间的沉淀,
这些所谓的人物,都不算真正的英雄。
真正的英雄在传说里,
在舞台上的剧目中。

我的主人公——
他的经历传奇而辉煌,
他年轻风流,心怀真诚,是真的英雄。
他就是唐璜。

唐璜生在塞维尔城,
一座不大但著名的城,

这座美丽的城建在瓜达尔基维尔河岸。
以甜美的橘子和妩媚的女人著称。

唐璜的父亲名叫唐·何塞,
他是真正的西班牙贵族,
血统高贵,富有教养,而且资产雄厚。
他英勇果敢,没有任何一位骑士能与之媲美。

唐璜的母亲名叫唐纳·伊内兹。
她读书广博,学问出众;
精通多个基督教国家的语言,
有着堪与学问相匹配的美德,受到神的庇荫。

二 恋爱

岁月的两翼飞掠,唐璜已十六岁了。
他面庞英俊,闪烁着调皮的模样,
他身材颀长,而且健壮。
他早熟,活泼,大胆的和姑娘们交往。

唐璜母亲的女友茱莉亚,美艳动人,
最喜欢与唐璜,这青年嬉戏玩耍,
她的丈夫是骑士——唐·阿尔方索,
这个男人既不讨人喜欢,也不令人厌烦。

阿尔方索夫妇和大多数夫妻一样,
互相迁就,包容,守持彼此的弱点。
他看似平和,大度——

但是内心却藏着深深的嫉妒。

茱莉亚丰腴的神态，吸引着这青年，
她二十三岁，他十六岁。
他们如此天真无邪，如此真诚无碍，
以致人们对他们的往来不觉奇怪。

热烈的太阳照耀城市，
使人的血液炽热，使人的目光多情，
青年男女亲吻彼此的手，或者碰碰对方的唇，
行为若止于此，则合于礼悦于情。

人们一旦越过雷池，堕入爱河，
则从此为情所苦。
春天在五月下旬褪色，
夏天热烈的胸怀敞开。

母兔欢悦的奔跑，鸟儿们尽情鸣叫。
这是一个危险的季节，
太阳也成为恋爱的同谋，
那一天是：六月六日。

暮色四合，浓荫如盖。
茱莉亚款款步入凉亭，
她的眼顾盼神飞，她的唇闪烁光华。
宛若异教天国中的仙女。

唐璜也来了，他们紧挨着坐在一起
如果此时闭上眼睛，也许是明智的，
然而，这毫无可能。
爱情开始的时候总是谨慎，后来却燃成烈火。

茱莉亚的鬈发一束束散开，
像五月的丁香，
唐璜抚摸着她的头发，
如同拂过花瓣，香气四溢。

茱莉亚想拒绝，却又忍不住接受。
她的内心做着强烈的搏斗。
然而，爱情的酒太过浓烈，
他们的手最终缠绕在了一起。

温柔的手并无凶险，
然而爱情结的果，也许致命。
如果人们能够未卜先知，
也许会拒绝这爱情。

唐璜用他年轻的嘴唇亲吻她，
愉悦而充满羞怯。
茱莉亚的脸上飞起了绯红的云，
想躲开但又不舍。

狂喜的泪水从唐璜的眼里涌出，
哦。坠入爱河的孩子，

谁能陷入情网同时又保持清醒?
茱莉亚怀着理智想拒绝,但最终还是接受。

三 风波

光阴荏苒,转眼间又是几个月。
十一月的子夜,唐璜和茱莉亚秘密的幽会。
他们彼此拥吻,又一起进入梦乡。
忽然,把风的仆人疯狂的敲门。

茱莉亚从美梦中惊醒,
听到仆人大声说:"夫人啊,先生回来了。
身后跟着很多人,他们已登上楼梯,
你可要照料好那位年轻的先生。
跳窗逃跑,也许是个不错的建议,
毕竟你的窗不是太高。"

唐·阿尔方索带着一大群人,
仆人,以及朋友,
他们闯进了茱莉亚的卧室,
仆人打着火把,其他人手持武器。

他身为贵族,居然持械闯进妻子的房间,
这不是骑士应有的风度,
也许,他怀疑着什么。
可是,他究竟怀疑什么?

茱莉亚愤怒了,她说道:"阿尔方索,你疯了吗?

为何在深更半夜侮辱我。
你是怀疑我的忠贞吗?你要搜查吗?
那你快快动手吧。"

阿尔方索命令仆人去检查被子,
又叫一个朋友打开窗户查验,
还叫仆人检查地板上的踪迹,试图找到疑点,
然而什么线索也没有,仿佛一个笑话。

茱莉亚见阿尔方索没有得逞,更加愤怒。
她高声说:"阿尔方索,你为何要侮辱我?
你践踏了我的尊严,
如果西班牙还有律法,我便不该受这样的虐待,
难道你是吃安托尼亚的醋吗?
的确,她睡在我的身边,
但她是我的侍女。
我们清白无辜,无须隐瞒。
现在,请你们离开,至少离开我的卧室。
让我和侍女都穿上衣服,以便接待你的朋友。"

茱莉亚面色苍白,眼中含泪,
像是受了莫大的委屈。
她的黑色长发宛若海藻,
遮掩不住光滑白皙的双肩。

她俯身在枕头上哭泣,
凝脂般美白的双肩显露无遗。

她小巧的嘴巴微微张着,
心跳得像要碎裂一般。

阿尔方索没有找到证据,
尴尬且沉默。
茱莉亚向他抗议,
他只能发出无力的辩解。

他的行为丧失了贵族的风度,
尽管他确有充足的理由。
阿尔方索向众人做出解释,
然而却没有一个字请求茱莉亚的原谅。

他的话冗长而华丽,如同致辞。
最后,阿尔方索终于请求妻子宽恕,
因着自己的莽撞和无知,
致使妻子在众人面前被羞辱。

茱莉亚起先态度坚决,
后来口吻有所松动。
接着提出一大堆条件,
作为失礼丈夫对自己的补偿。

面对这一切无理取闹和苛责的要求,
阿尔方索一一予以答应。
消除了丈夫的疑虑,同时又免于麻烦,
这让茱莉亚十分得意,就像伊甸园里无忧无虑的亚当。

然而，幸运很快消失。
一只鞋差点绊倒阿尔方索，
这不是他妻子的织锦的绣鞋，
而是一只男人的鞋。

唐璜暴露了行藏，阿尔方索怒火中烧。
茱莉亚跑进密室，
将钥匙塞给这个年轻人，
让他从花园逃走。

阿尔方索从剑鞘中拔出利剑，
追上去对着逃跑的背影劈砍。
一大群人在后面奔跑，
脚步声杂沓不堪。

唐璜冲出了房间，
逃到了黑暗的花园。
手持长剑的阿尔方索将他拦住，
他要与情敌决一死战。

无奈之下，唐璜击飞了他的剑，
出拳将他打倒在地。
然后撒腿逃走，
却被阿尔方索拉住衣衫。

他猛击阿尔方索的脸，

顿时鲜血从鼻腔喷溅,
两人缠斗在一起,
你一脚我一拳。

最后,唐璜身上唯一的衣服也撕落在地,
他像约瑟一样丢弃衣服裸奔而逃,
在街面上张皇失措,
消失在幽暗的夜色中。

火光亮起,仆人们打着火把赶来,
眼前的一幕令他们极为吃惊,
茱莉亚昏倒在地,
衣裙散乱;
侍女安托尼亚瞠目结舌,呆在一边。
阿尔方索满身血迹,靠在墙上喘气。
地上扔着撕碎的帷幔,衣物,还有打碎的花瓶和
被踩躏的花朵。

唐璜是怎样回家的呢?
是夜晚做了遮蔽他裸体的衣服吗?
我们姑且不谈。
第二天,这桩风流艳事立刻登上了报纸的头条。

从街头到街尾,每一个人都在谈论。
阿尔方索向法庭申诉,请求离婚。
茱莉亚则终日以泪洗面,
不知是对自己的莽撞悔恨,还是祈求原谅。

飞短流长对唐璜十分不利,为了改变现状,
他的母亲向圣母玛利亚许愿,
要她保佑唐璜无恙,
同时听从长辈的建议,将唐璜从加德斯送出港。

暂且逃亡,等风头过去,
流言散尽之日,正是海潮平静之时,
那时回乡,也还是绿衣少年。

四 海难

挥手诀别,舷已离岸。
奔赴怒海,是未知的航船。
海风吹拂着帆,
鸥鸟悲伤的呼唤。

唐璜独立船艏。
浪涛狂暴的击打船舷,
这是他第一次离开西班牙,
或许也是最后一次。

跟随唐璜出海的总共有四人,
一个是他敬爱的导师比迪里罗,
另外三个是贴身仆人,他们虽然痴愚,
但会把这位少爷照顾得十分妥帖。

比迪里罗精通多国语言,

曾教会唐璜对世界的认识。
但是此刻,他却被疾病所折磨。
他尽管躺在吊床上,但在海浪的颠簸下,头疼依然剧烈。

海水狂涌着,从舷窗灌了进来,
使比迪里罗受了惊吓,脸色苍白,浑身发颤。
晚上的海风更加暴虐,撕扯着船帆,
将船推上波谷浪尖。

海浪猛击船舷,使船板裂开,
导致铆钉坠落,桅杆折断,
水手们四散奔走,试图做好船管,
却发现船舵早已无影无踪。

船舱里涌进的水深达四尺,
抽水机丝毫不管用,
海面上的浪涛像一座座小山,狰狞恐怖,
风把水灌进船舱,使这艘船完全失控。

水手们请求唐璜拿出酒来,
大家在酣醉里一同死亡,
唐璜怒斥他们,指挥大家各司其职,
保障大船不要沉没。

然而,船舷已经没入海水,
乘客和水手们哭喊嘶叫,
即便是最有修养的贵族,

也顾不得体面和尊容。

有人在祈祷，请求上帝的拯救；
有人在观望，寻找逃生的机会；
有人整理衣帽和领结，仿佛从容迎接盛会；
有人捶胸顿足，张皇失措。

有人扯断了头发，咬牙切齿；
有人指天问日，赌咒发誓。
有人放救生艇下水，
希冀"方舟"成为最后的依靠。

救生艇会否被怒涛掀翻，葬身大海？
唐璜和仆人们找不到像样的船只，
只能指望放下水的长艇活命，
他们在即将沉没的船上搜寻任何必需品，放入长艇。

然而食品早已被海水浸坏，
只有两小桶饼干和一小桶奶油还算完整。
此外，还有二十加仑淡水，六瓶从舱底搜上来的红酒，
小块的猪肉，牛肉和被海水打湿的面包，
但是量都少得可怜，不够大家饱餐一顿。

海面上漂浮着求生的人们，
幸运者爬上救生艇，不走运者葬身浪涛。
然而厄运很快降临，一艘救生艇翻了个底朝天，
所有人瞬间无影无踪。

唐璜乘坐的长艇也堪忧,
挤上去的人太多,食物丝毫不够用。
破被单拼合成的船帆,
一个孩子将一只桨从大船上扔了下来,被充作桅杆。

大船甲板上还有很多人,但是救生艇有限,
造一只木筏已经来不及,
要活下去,只能靠奇迹。
人们将船上的东西纷纷扔进海里,鸡笼、橡胶,以及各种杂物,
希望落水者借这些漂浮物求生。

忽然,大船猛烈的倾斜,
来不及逃生的乘客和船员纷纷落水,
有人尖叫,有人跳海,
一声刭喇喇的巨响之后,大船一头扎进大海。

沉船在海面上掀起巨大的漩涡,
好像地狱张大了嘴,
撕裂开一个暗无天日的巢穴,
落水者好像被一只巨手扼住,拖进无边的黑暗。

长艇躲过了沉船的吸力,在波涛里浮沉,
挤在一起的人们哆哆嗦嗦,
面对诡异的海面无比绝望。
夜色昏沉,海面上一片幽深,仿佛无数驱驰的野兽。

船像脱缰的烈马，令人无从着手。
海水一次次涌进舱里，
人们一丝不敢马虎，拼命向外舀。

他们又看见一艘求生的小舢板，
上面的九个人蓬头垢脸。
但很快被巨浪打翻，
吞噬，上面的人恐无一生还。

五 食人

长艇在海上漂了一天又一天，
桨做桅杆，被单为帆，
海浪一波又一波，
恶劣的境况丝毫没有消减。

食物虽然有限，
但还有牛奶和饼干。
海水把船舱灌满，
但悲伤胜过危险。

三十余人挤在逼仄的舱里，
无法避免海水浸泡，
半数人已经麻木，
有的颤抖着好像疟疾发作。

夜晚来临，大海归于平静。
气温上升，温暖的太阳照拂幸存着的心。

他们的胃开始苏醒，狼吞虎咽的将食物吃尽。
第七天的时候，他们忽然发现食物一点不剩。

人们躺在舱底如干瘪的袋子，仿佛抽走了灵魂。
海上没有一丝风，也看不到大陆。
酒食已尽，胃袋空空。
人闪烁着狼一般的目光，发出狼一般的声音。

饥饿攫取了人的灵魂，他们准备——食人。
恐怖在恐怖中进行，无人能够庆幸。
他们采用抽签的方式，决定谁的血肉之躯可以果腹。
大家把名字写在签上，摇签后进行抽取。

结果，唐璜的导师——
比迪里罗中签，他要求医师抽取自己的血液，
以这种方式赴死，
因为这不会那么痛苦。

医师和唐璜一样，都是虔诚的天主教徒，
他亲吻了小小的银十字架，然后切断了比迪里罗的血管，
当比迪里罗的血流尽，呼出最后一口气，
医师开始肢解他，随后被众人瓜分。

鲜红的血液，作为报酬，赠给医师为食物。
除了唐璜，他绝不会吃老师的肉，
另外三四个人，忌讳荤腥，
其他的人都分食了人肉。

也许是亵渎了神,
分食人肉者开始痉挛,口吐白沫,倒地打滚,
他们呼喊,哭泣,哀鸣,像鬣狗一样发出号叫。
躺在舱底的人不停地哭嚎,大部分人在绝望中死去。

大雨在夜晚来临,仿佛拯救最后的幸存者。
饱受干渴折磨的人张大了嘴,
像夏天龟裂的土地。
他们拼命吮吸着从天而降的甘霖,却并未意识到淡水的可贵。

假如你曾躺在一群渴透了的水手中,
或者,像沙漠旅客听到驼铃,
那么,一口清水波动的井,
就是世间唯一的真谛,是神谕。

六 两位父亲

船上有两位父亲,各自和儿子待在一起。
一位父亲的儿子很强壮,但眼睛已失去神采,
当他意识到儿子已离开这个世界,
没有流泪,也没有发出一声哀鸣,而是纵身跳入了大海;

一位父亲的儿子很柔弱,他有着纤细的身材和柔和的脸庞,
他以极大的耐力与死神相抗衡,
他很少言语,但却经常面露微笑,
仿佛是要给他的父亲安慰与力量。

他似乎知道——
父子之缘虽深，终将会结束，
父亲的目光从未离开他的脸，
他一再擦去儿子嘴角的口涎。

他一刻不停地凝望着儿子阴翳的眼睛，
然而这孩子还是一点点熄灭了眼中的火，
黯淡下去。
父亲竭力从一块破布里挤出清水，滴在儿子的唇间。

然而，一切都已是徒劳，
他的爱子在破晓时分逝去，
微笑挂在嘴角。

七 劫后余生

阳光掠过海水，远处闪烁微茫的大地。
不知是谁第一个大喊，看呀，海湾。
海湾。海湾。海湾。
所有人都翘首以盼，他们真的看到了海岸。

有人热泪盈眶，有人目光黯淡。
是庆幸劫后余生，还是已臣服于苦难？
有人在呼喊中苏醒，有人再已无法睁开眼睛，
有些人，永远也无法踏上他渴盼的土地。

风改变了方向，长艇无法靠岸，
只是顺流沿陆地航行，

一座座山影遮挡了阳光，
船在峭立的悬崖下漂过。

岩石坚硬的棱角在清澈的海水里看得清清楚楚。
激流将他们带走，
他们无比惶恐，猜测着这片陆地是何方，
是埃特纳山，加拿大，或者塞浦路斯……

一阵疾风使他们挣脱激流，将船朝岸边送去，
船上只剩下四个活着的人，还有三具尸体。
他们已精疲力竭，无法将尸体抛入大海，
然而鲨鱼却嗅到了船上的腥味，悄悄尾随在后。

船一点点朝陆地靠近，
浓密的树影撞入了人的眼帘，
漂浮着香甜的，平静踏实的空气。
浪花翻卷着可爱的白沫，天空碧蓝澄澈。

如果没有惨痛的海上经历，
没有饥饿、干渴、疾病、虐杀、死亡，
没有恐怖的海浪，无常的风暴，和浩淼苦涩的航程，
这一切看起来是多么美好。

然而，苦难并未结束。
海岸上一片荒凉，不见人影。
诡异的浪涛怒吼，
飞溅起的浪花击打人的脸。

一座座暗礁隐藏在水下，随时会搁浅。
他们睁大恐惧的眼睛，找不到一处安全的登陆点。
他们用桨划开海水，企图强行靠岸，
结果却翻了船。

两名同伴溺毙于海底，两名同伴为鲨鱼所啖，
唐璜拖着精疲力竭的身体，击打着冰冷的波澜，
他只有一个信念——游向岸边。
他费尽了最后一丝力量，爬上了柔软的沙滩。

八 岩穴奇情

峭壁下有一孔开阔的石穴，
石穴内跳荡着温暖的火苗。
此刻，唐璜就躺在这里，
他在昏迷中醒来，然而又陷入昏迷。

是世界消失了吗？还是他已为死神所攫取。
他于绝望中伸出一只手，却什么也未触到。
恍惚中，他看到一个少女的影子。
她有一张温润，小巧的嘴巴。

正是她把他的灵魂从死神手中唤回；
她有一双温柔，洁白，灵巧的小手，
正按摩他的肢体，使血液流畅，使肌体恢复活力；
她用清水洗他的头部，使他清醒。

她用斗篷盖好他裸露的身体，还给他喝了一杯甜甜的酒。
唐璜苍白的脸逐渐恢复了血色，
少女低低的望着他广阔的额头，发出一声赞叹。
她的脸颊明净的像冰玉，手臂细腻而温存。

她抱起他无力的头，抚弄着他的鬈发，胸部紧张的起伏着。
她听到他在梦里发出一声痛苦的低吟，不由得一阵紧张。
他在火影里看清了这少女的轮廓，一张精致的脸和颀长秀美的身段。
她的名字叫海黛，是她和侍女救了唐璜。

这是西克拉提兹群岛的一座小岛，
希腊人曾占据它。
这座岛方圆不足百里，十分荒僻。
海黛的父亲兰布洛——是这座岛的主人。

兰布洛是海盗的首领，
抢劫过往商船，掳掠船员贩卖为奴，
依靠不义之财，
在岛上建立了奢华的宫殿。

海盗的宫殿内放满金银财宝，充斥着粗鄙的雕刻，
以及极尽奢华的金饰与彩绘。
他是一个杀人如麻的大盗，然而对海黛来说，
他却是一位好父亲。

他照顾海黛细致入微，无求亦有应。
海黛正逢二八年华，

像一棵绿树般挺拔,像一支芬芳的鲜花。
她容貌倾城,求婚者络绎不断,但都遭到拒绝。

那天夕阳熔金,映照着绛红的峭壁。
海水透明,仿佛神女浴后。
海黛与侍女一起在海滩上散步,发现了昏倒在峭壁下的少年
——唐璜。

他衣衫破碎,形容枯槁,
一头秀美的鬈发也像枯草。
海黛动了恻隐之心,然而不能将他带回家中。
因为被父亲知道,无异于驱羊入虎口。

她和侍女一起将唐璜抬进峭壁下的岩洞,
用废弃的船板和折断的桨生火,
她们还脱下皮袭,铺在石洞里为床,
还用大衣为被,盖在昏厥的唐璜身上。

唐璜终于醒来,警觉地望着海黛,
但海黛的善良使他卸下了内心全部的武装。
海黛每日秘密带来咖啡、面包、蛋,
还有新鲜的鱼,给唐璜做早餐。

每天清晨,她都来看他,
就像照料鸟巢中的雏鸟。
她抚摸他的发丝、嘴唇和俊逸容颜,
吐气如兰,像南风吹过玫瑰园。

光阴似箭，唐璜的身体恢复如前。
生命激荡着青春的希望，
爱意伴随激情的火焰，
美食、酒神，都是爱情的风帆。

十 海誓山盟

光阴催人，过去一天又一天。
风雨替花愁，海浪卷旗幡。
海黛经常来看她深爱的少年，
早晨，或者夜晚。

兰布洛又率领群盗去海上劫掠，
这样海黛更加自由自在。
她与他在海滩上散步，
头顶着夜晚的星光，脚踩着滩头的沙粒，
鹅卵石和贝壳闪烁着光彩。

藤蔓从峭壁上垂下，掩蔽着幽深的岩穴，
火焰跳荡，温暖着久经剥蚀的洞府，
仿佛大自然的巧夺天工，
为他们营造了这爱情的场所。

他们出入都挽着彼此的手臂，
坐卧都挨着彼此的肩膀。
晨风中的偎依，暝色中的撩人诱惑，
谁能将爱情拒绝。

仰望苍穹，星河暝暝。
流溢的彩霞，宛若玫瑰色水晶，
浩瀚无垠，引人思虑无穷。
俯瞰大海，波光粼粼。

上升的皓月，仿佛给海面镀上水银。
他与她，四目相对，
轻轻地接触对方颤抖的，柔软的唇，
合成一个深深的吻。

仿佛千年之盟，
碧树连理生千载，白头离乱不曾闻。
此心与君同，此心与卿同，
此心永恒。

亿兆星辰，是婚礼的烛火；
万顷波涛，是婚礼的证人。
千年的石洞，是他们的婚房，
这岩穴啊，幽静慈悲宛若神父，
为他们缔造了姻缘。

真实的两颗心，造就良人，
良人的爱情，是神圣且合法的。
他们是造物的宠儿，是神之子，
这一刻，天堂在这里降临。

十一 海枭归来

沉浸在幸福中的两个人
那么快乐。
仿佛在愉悦的河流中——
不曾错过每一缕水波的冲击——

仿佛世界为他们两个人而存在,
海黛居然忘记了父亲,一个盗魁的存在,
此刻,他正率领群盗,在狂风中伺机出动,
劫掠商船,并给乘客和船员戴上锁链,将他们贩卖为奴。

他在公海上不断出击,好像合法的官员,
他或许可以做首相,只消换个头衔。
人间的官员何尝不是如此,只是戴着冠冕的盗匪。
兰布洛掳掠的人太多,以至于耽误了回岛的时间。

往日的港口水太浅,无法靠岸,
他把船停靠在岛屿的另一端,
他登上小山,
凝视着自己的王国,树荫里隐藏着房屋百余间。

他是一个海盗,然而也有自己的心灵港湾,
他会把女儿思念,感叹似水流年,
园子里花木扶疏,
小溪中流水潺潺。

阳光闪烁在洁白的墙壁上，
狗儿的叫声或近或远，
微风吹来一阵香气，
屋宇间舞动着人们的衣衫。

远处好像举行着一个舞会一般，
人们的妆容或浓或淡，
快乐的人们姿态蹁跹，
这令他感到惊异，又准备悄悄看个究竟。

他快步走近人群，仿佛听到天堂的音乐，
他真怀疑这是错觉，
悠悠的笛声，欢快的鼓声，
还有一阵没有拘束的大笑声。

这完全不是他熟悉的琴声，
他内心感到一阵不安，加快了步伐，
穿过园中的花木，
从晃动的树枝底下弯腰钻过。

他看见了草地上跳舞的仆人，
那经常挨鞭子的家伙此时无比欢悦，
快速的旋转着，
舞动得像一个被风吹动的陀螺。

哦，这是充满战斗意志的皮瑞克舞蹈，
是黎凡特人的嗜好，

再往前则是希腊少女之舞,
她们排列整齐,宛若珍珠串儿一般。

少女们手挽着手起舞,仿佛水波层层前进,
凝脂般的肌肤胜雪,褐色的秀发飞扬——
莹润的嘴唇闪烁着光,
纤细的腰肢扭动。

浑圆修长的腿儿充满了弹性,
这样的场景,
足以让十个诗人为之发疯。
领队的女郎唱起歌,伴舞的姑娘们一起蹦跳。

十二 佳人婚宴

水晶盘里盛着各色水果,
夜光杯里闪烁葡萄酒,
小丑站在安静的树木的影子里,
给吸烟的白须老人讲古老的传说。

传说,神秘的山谷里藏着宝藏,
传说,有一种魔法可以点铁成金,
传说,有一种符咒可以医治百病,
传说,巫女会把自己的丈夫变成禽兽,
……

海黛的父亲看着这一切,听着这一切
沉默无声。他本就性格阴沉,言辞很少,

他没有派人来打探,也没有进行通报,
此时更是想来个恶作剧,看女儿玩什么把戏。

他十分惊异,家里怎会有这么多客人。
他尚且不知,谣言说他已葬身大海,
家人们整日以泪洗面,
悲伤得好像天塌了一般。

但是爱情平复了伤痛,海黛为自己准备了盛大的婚礼,
她对所有人都仁爱,对老人尊敬,又喜爱孩子,
并且乐善好施,慷慨大方,
把专制黑暗的小岛变成了快乐的王国。

仆人们即使犯了错,
她也会宽恕。
结果,婚宴上仆人们大多喝得醉醺醺,
以至于认不出老主人。

兰布洛拍拍一个希腊人的肩,
问他这是什么节日,
那个醉鬼居然说,我没有工夫,随后就喝了一大杯酒。
旁边的一个醉鬼插话说,你最好去问我们的女主人。

女主人?这岛屿何时有了女主人。
醉鬼说,老主人兰布洛死了,
他的女儿就是我们的女主人。
海黛的父亲——兰布洛顿时怒火冲天,然而他很快就恢复了平静。

他压着怒火问,海黛是你们的女主人,那谁是男主人?
醉鬼说,我不知道,我只知道这烤鸡很美味。
他不再问,但是怒火在胸中熊熊燃烧,
那怒火像火山爆发,吞噬了他内心的柔情。

他穿过游廊、花厅、装饰满浮雕的门,
直奔笑声喧哗的内庭,
他远远窥见了海黛,和她的情人。
红毯映衬着烛光,玻璃盏里翻卷着美酒。

微风吹动飘飞的香屑,
乐队凑着柔美的管弦,
盛筵上嘉宾频频致礼,
海黛俨然是今夜的公主。

她与唐璜坐在华贵的宝座上,
踏足的小机子铺着镶蓝镂空花纹的绯红锦缎,
最令人惊叹的是那张大床,
足足占据了房间的大半。

天鹅绒的垫子色彩明丽,
中间是一轮浮出碧蓝海面的金色太阳,
周围铺陈着金灿灿的霞光,
流光溢彩,瑞气千条,
即便是国王,也配得上这个气派。

海黛的模样更是恍若神妃，
螺眉黛长似烟云，珠花流苏像月光，
一头青丝绾了起来，像是飘逸的凝云，
几缕松散的长发飘落在肩，映衬的浑圆的肩膀更加雪白。

一支东方的银簪子斜插发间，
晃动的宝石令人目眩神迷，
大红的礼服袖口刺绣着蓝色的牡丹，
淡黄的胸衣凸显她丰满的胸脯，

胸脯随着呼吸起伏，宛若柔媚的波浪，
滚动着青白、天蓝与碧绿，
珍珠扣闪烁华光，映着外披的璀璨罩衫，
像星光之夜，也月光流淌。

唐璜的礼服同样华贵无比，宛若王侯。
他披着黑底金丝的巨大斗篷，
内衬是洁白透明的绸缎，
衬衫是真丝，裤子是名贵的纺绸。

镶嵌在领子上的宝石晶莹剔透，
缠绕在脖子上的丝巾流溢优雅的痕迹，
以及少女的气息。
灯光阑珊，宾客欢笑着散去。

这一对为上苍所眷顾的璧人，
享受着大洋流光的美景，夜空长天的祝福。

这一刻,光阴停驻;
这一刻,万物静默;
这一刻,世界只属于他们两个人。

十三 欢乐中的哀愁

唐璜与海黛,沉浸在奶与蜜的世界里,
有时候不免感叹人生苦短,
他们只愿青春永在,光阴不老,
或者死在欢娱的春潮中。

爱与死亡,都来不及思考,
它们像空气和水一样,体现造物的神妙。
他们长久的彼此相对,脉脉含情,
眼睛里闪烁着宝石般的光彩。

西风落日大海,椰林小道岩石,
他们彼此爱抚,
身体的语言比任何话语都能直达心底,
偶尔的眉目传情,便能表达一切。

有时候他们低声说话,温言软语,语调不清,
意乱神迷,心旌摇荡,
然而他们却能彼此明白,
这是恋人间的神秘传达。

肠断目成眉语,鸳鸯翡翠佳时。
他们一起凝望落日,

一起欣赏落霞，
爱情弥漫在暮光里，征服了彼此的心灵。

此时，他们在霞光里彼此对视，
内心忽然闪过一阵波动！
宛若狂风吹散了琴声，
寒流摇撼着火苗，

一丝哀愁在她心底泛起，
泪水不由得涌满了眼眶，
她明丽的眸子似乎看到，
幸福在火焰中变为灰烬。

唐璜内心一阵悲哀，
他叩问自己的心，
爱人的无端的哀愁，究竟从何而来。
他用询问的目光看着她。

她却微笑着把头转向一边，
那笑容一闪即逝，短暂，
但却像预兆般令人无比震撼，
像墙角的一缕瘦雪。

她将嘴唇压在他的嘴唇上，
阻止了他的语言，
她想用无声的静默把不祥的预感，
从心中撵走。

十四 噩梦

唐璜与海黛彼此相拥,
手臂纠缠在一起,心也印在一起。
他们想,为何不在此刻死去,
所有的人都会死。

最高贵的死,是殉道和殉情,
不为道义死,就为爱情死,
我只愿——
为我的爱人而死。

一股寒流侵袭了唐璜的梦,
使他打了一个寒战。
海黛秀美的嘴唇仿佛流淌着无声的语言,
娇媚的脸庞被梦境所牵引。

仿佛风吹过玫瑰园,摇落无数花瓣,
仿佛夜晚的凉露,侵扰云鬓。
仿佛阿尔卑斯山山谷的飞泉流泻,
飞溅无数晶莹的珠花。

她被梦境所攫取,
她梦见自己一个人站在海岸的峭壁上,
两只脚被捆缚在岩石上,
不能移动,不能哭泣,甚至不能呼吸。

一排排凶猛的海浪扑来，
直淹没到她的唇边，
淹没了她的鼻子，眼睛，额头，
使她发不出任何声音。

海水企图淹死她，
然而她连死也不能。
她挣扎着，终于逃脱了桎梏，
两只洁白的赤足在沙石上奔跑。

尖利的石块刺破了她的脚掌，
柔软的沙子拉扯着她的腿，
每一步的前行都留下血的印痕，
每一步都摔倒在地。

一个诡异的影子在前方掠过，
令她惊慌失措。
她企图看清他，
但那个影子却始终不停。

忽然，她又梦见自己在岩洞里，
洞顶上的石钟乳像利剑般垂下，
海水激撞起的浪花在洞口飞扬，
母豹子瞥着眼睛在灌丛里潜伏。

她凌乱披散的秀发滴着水珠，
黑白分明的眸子里滑落泪水，

唐璜躺在她的脚边,冰冷湿透,
没有一丝热的气息。

脸色苍白得像海水留下的浪痕,
她企图擦干他脸上的水,却毫无作用。
她用尽种种方法,无限温存,
然而他有力的心脏却永远停止了跳动。

大海的波浪为他唱起挽歌,
鱼人的哀曲不断在耳际回荡。
这梦境似乎比人的一生都要长,
她凝视着辞世的爱人。

发现他的面孔变成了另外一个人,
那是她的父亲,
她瞬间梦醒,
不错,她确实看到了自己的父亲。

十五 父亲和爱人

海黛兴奋的欢呼着,却又跌落尘埃,
她悲欣交集,
本以为父亲已经葬身海底,
没想到今生还能相逢。

唐璜被海黛的呼声惊醒,
从床上一跃而起,
他拔出马刀,指向侵入他们卧房的人,

兰布洛——海黛的父亲冷冷地看着,不发一语。

他大笑着说:"我有快刀一千把,
只要我一声令下,就能立刻将你拿下,
不懂礼节的小子,快将刀放下。"

海黛拥抱唐璜,哭泣着说:
"这是我的父亲,快放下刀请求他的饶恕。"
她跪下亲吻着父亲的衣襟,
请求他宽恕唐璜的无知。

兰布洛对女儿的请求不置一词,
只是看着愤怒的唐璜,命令道:"把刀放下!"

唐璜回应道:"你休想!"
兰布洛愤怒至极,从腰间拔出了手枪,
大声说:"快放下刀,否则我就让你命丧当场。"

他只消点燃火绳枪的引线,
唐璜立刻就会血溅新房。
海黛纵身挡在唐璜的前面,
对父亲说:"你先杀了我吧,我爱她,
要死我也要和他一起死。"

刚才她还泪水涟涟,像一株柔弱的烟柳,
此刻她却刚强无比,像一只英勇的母狮子。
父女俩对峙着,彼此热血沸腾,

父亲略一思虑,做出了妥协。

他将枪插回腰间,
对唐璜说:"外乡来的小子,我不曾亏负你一丝一毫,
但你却把我的家毁坏,近乎破碎,
我已给予你最大的仁慈,你还不快把刀放下,
你若再不听劝,我立刻砍下你的脑袋当球踢。"

唐璜略一迟疑,便听到一声哨声,
他被夺下了马刀,瞬间被七八个人按倒。
唐璜奋起反抗,搏斗非常惨烈,
他受到重重一击,鲜血顺着创口流出。

兰布洛对手下发出命令,
把唐璜捆起来
扔进贩奴的船舱底部,
并规定船必须在九点钟离港。

十六　伤逝

海黛看见爱人倒地,血飞溅,
心如油煎。
她挣开父亲的手臂,
颓然扑倒在尘埃里。

她的嘴唇溢出一缕鲜血,
染红了胸衣。
她低垂着颈项,眼里涌动着泪珠,

好像被狂风摧折的百合。

生命的美好不能束缚她,死亡的狞厉也不能毁灭她。
来自她的母亲——摩尔人赋予了她刚强的性格,
她将彻底面对世界,
乐园或者荒漠,没有第三条路。

身躯会腐朽,
但激情依然如故,
她宛若充满灵气的雕塑,
寂然无声。

维纳斯的妩媚虽然凝固在大理石上,
但是神采依旧飞扬。
拉奥孔扭曲于巨蟒的缠绕,痛楚溢出岩石,
罗马角斗士战死于血泊,但临终的抗争之力度永存。

雕塑宛若真实,然而不是真实,
它使真实更加富于变化。
海黛终于醒来,仿佛死而复生;
生命仿佛是外来的,迫使身体接受了她的存在。

她正视残酷的命运,然而无法挽回,
只有那颗心,依旧无比疼痛。
每一次跳荡,都充满真诚。
恨的精灵稍微走远,
女仆们耐心地照料她,侍之以饮食。

父亲喂食汤药,然而她已不认识。
父亲,仆人,她最喜欢的房间,
还有往昔的友谊,都成为茫然的空白,
她失去了全部的记忆。

父亲和仆人企图吸引她的目光,
却只看到她瞪大的眼睛,
那目光像燃烧的火焰,又像空蒙的星空,
她盯着一个地方,却仿佛什么都没有看。

整整十二个白天,十二个夜晚,
她不穿华服,不施粉黛,甚至水米未进,
她拒绝了整个世界,
像一朵枯萎的花朵,在风中凋零。

没有人知道她最后的痛苦,
她没有呼喊,也没有发出任何声音,
她的绝世容颜遮蔽于阴影,
她的剪水眸子凝注于一瞬。

她死了,随她离去的还有未及出生的小生命。
来自天国的清露倾泻,
也无法挽救这霜摧的果实,血染的花朵。
这岛屿后来被遗弃,岛民迁居,华屋倾倒。

只有海黛和父亲的遗骨安葬在这里,

没有墓碑,也没有安魂之曲,
只有大海目睹了这一切,
悲伤的翻卷。

希腊的少女们曾用哀歌,咏叹海黛的爱。
迁居的岛民,也曾在漫漫长夜将这一切讲述。
夜色大海静,传说流万古。
孤岛痴情女,唯有诗人知。

十七 囚徒

唐璜身戴镣铐,囚于船舱的黑暗角落。
白昼掠过眼睫,黑夜的翅膀又飞来,
时间过去了一天又一天,
往事安慰着他的内心。

使他忘却光阴的逝去。
顺着风吹来的方向,
他发现伊利昂海岬出现在船舷一侧,
他沉溺于旧事,
即便是西吉海角的壮美风景,
也无法令他欢乐。

他被带到甲板上,打上了奴隶的标记。
他面朝大海伫立,凝望着滚滚波涛,
大海是英雄的战场,也是英雄的墓场。
他流血过多,尚显虚弱,
然而内在的力量,使他看起来神采闪烁。

船上载满了奴隶,包括意大利人,
其中有受过专业训练的歌唱家,
这却十分稀奇。原来他和剧团从利沃诺港口出发,
去西西里岛演出,结果路遇海盗,
他们被经纪人出卖,贩卖为奴。

奴隶贩子们给他们戴上枷锁和锁链,
男女分开关押,
准备送往君士坦丁堡的奴隶市场,
拍卖个好价。

十八 君士坦丁堡奴隶市场

在君士坦丁堡的奴隶市场,
唐璜格外引人注目,
他年少伶俐,但神情忧伤,
面色苍白,神采尽失,
或是失血过多,或是溺于情殇。

他落魄至此,居然落在鞑靼人中被拍卖。
尽管身为奴隶,但他神态平静,
器宇轩昂,眼神中带着不可磨灭的昂扬。

一个上了年纪的黑人权贵走了过来,
他是苏丹王宫廷里的大太监,名叫巴巴。
他打量着这群奴隶,
那神态仿佛少年看情人,

赌徒看赌马，裁缝看布料，
又像是狱卒注视牢狱中的囚徒。

他将奴隶们一一看遍，从头到脚打量一番，
回头与卖主谈价钱，
他谈定了一个奴隶的价格，又谈另一个奴隶的身价，
一会儿破口大骂，一会儿据理争辩，
好像一个精通辩术的辩手。

他讨价还价，好像是为了购买牛羊，或是驴子，
一次又一次压价，最终成交。
他购买了两个人，
一个是唐璜，还有一个年轻人。

十九 进宫

大太监巴巴带着唐璜和另一个奴隶，以及一批货物，
上了一艘漆金描画的船，
操桨手划动船只，像离弦的箭飞逝水面，
唐璜和他临时的伙伴惶恐不已，
像等待判决的囚犯。

船只在水面上划起一道波痕，
快速的驶进一条航道隐秘的小港口，
港口深处树木葱茏，浓荫遍地，
一道被花木掩蔽的精致的门显露。

太监小心地上前叩击，片刻一扇便门开启，

此时暮色已经降临领,他向船上的人打了个暗号,
小船便在夜色中消逝,
太监巴巴带领唐璜等二人进入便门。

穿过一片低矮的灌木林,
一条路向浓荫深处延伸,
路的两边是伟岸高大的树木,
他们艰难地向前摸索,因为夜色幽暗深沉。

唐璜的大脑里闪过一个念头,
若是将这老家伙击倒,也许可以就此逃跑。
他把自己的想法悄然告诉同伴,
同伴欣然同意。

正当他们准备行动的时候,
黑暗的甬道尽头出现了灯光,
一座煊赫的宫殿隐现,
高大乔木掩映着它,飘来夜来香的淡淡香味。

宫殿宏大壮丽,鎏金饰彩,
廊柱镶嵌着青玉和海贝,
门楣上闪烁着水晶的光华,
镂空雕花的窗户流溢着十二支烛光,
好像歌剧场的布景。

奢靡华贵,这正是土耳其人的流俗,
博斯普鲁斯海峡两岸的帝王行宫,

窗色新晴,春意破了琼英,
也如此般,像刚刚描绘好的画屏。

他们跟着太监向前走,
一股食物的香味飘来,令人馋涎欲滴。
那是精致菜肴,烤肉的香味,
这香味足以打消唐璜的卑劣念头。

他回头劝伙伴放弃,
等吃饱了也许更有力气逃跑,
同伴点头,同意唐璜的建议。

他们跟着太监踏上宫殿的台阶,
走向一扇大门,巴巴在门扉上轻轻扣了几下,
一间华丽的殿堂出现在他们眼前,
这大厅用水晶装饰,流光溢彩,
显示出土耳其帝国的荣光。

他们怀着异教徒的忐忑穿行在大厅,
却并未引起厅内人的观望,
有人向太监巴巴点头,也有人视若无睹。
他们走过大厅,穿过游廊,
从一片精致的殿宇间穿过,
这里静寂无声,弥漫着无法言说的奢华。

万籁俱寂,只有大理石喷泉的滴答声,
打破了夜的恬然。

一间散发着幽香的窗扉亮着灯,
那是一个贵妇的闺房。
她闻声之后,打开窗凝望,
乌黑的眼睛像夜空的星子,
又像最珍贵的宝石。

唐璜跟着巴巴来到一个僻静的小宫殿,
从黑暗的夜幕中看到烁亮的灯,
他的眼睛逐渐适应了光明,
他为自己看到的一切震惊。

这里存放着世界上的一切,
是一切财富的集合,
最名贵的宝藏也显得平淡无奇,超过人的想象。
华丽的沙发令人畏惧,似乎坐上去就是罪恶;
织金的地毯精美至极,
每一条线都滚金镶银,
令他们不敢举步,踏足于其上,
简直会产生最玄妙的想象。

唐璜和他的伙伴瞠目结舌,简直看花了眼,
然而太监巴巴却习以为常,
他踏过地毯,拉开一扇衣橱的门,
一大堆华丽的衣裳滚落。

所有的衣服都经过名匠的剪裁,
不论是土耳其人,·还是欧洲人,

乃至任何一个民族的人，
都能在这里找到适合自己的衣装。

唐璜的伙伴选了一件瘦腿裤，长至膝部的坎迪亚式外套，
还有一条喀什米尔羊毛织就的围巾，
以及一双番红花颜色的舒适拖鞋，
还有一柄装饰精美的短剑，这完全是一套土耳其贵公子的行头。

太监用含蓄的言辞暗示道：
"你们只要顺从命运女神的旨意，
朝向她所指的道路行去，
一定会获得巨大的恩赐。
当然，如果你肯接受阉割，
你将会拥有更加丰富的未来。"

二十 男扮女装

唐璜看着满地的华服，却无动于衷。
太监递给他一件衣服，警告说："你最好也把衣服换上，
即便是一位公主，也不会拒绝如此华装。"

唐璜望着巴巴手中的衣裳，那是一件女人的衣服，
他可没心思参加化装舞会，所以拒绝道：
"我不是女人，不会穿你命定的衣冠。"
太监巴巴冷淡地说："你是什么人，
我并不关心，但你必须照我的指令行事。"

唐璜说："可否告诉我，这究竟是什么鬼把戏？"

巴巴说:"不许向我提问,我无可奉告。"
唐璜说:"你若不告诉我,我就——"
巴巴怒斥道:"不许饶舌,不要燃起我愤怒的火焰。"

唐璜无奈地说:"可是这讨厌的衣服使我看起来像一个女人。"
巴巴说:"不错,我就是要你扮成一个女人,
快穿上,让你扮女人自有道理。"
唐璜叹息着低声说:"真见鬼!"然后拿起了那衣裳。

他换上肉色的丝绸裤,还缚了一条精致的处女带。
他穿上贴身的乳白纤薄衬衫,以及一件缀满流苏的裙子。
然而他终究不似女子般熟练,
穿的时候跌跤摔倒,令人笑叹。

巴巴刻意将唐璜扮成一个女子,
给他戴上假发,饰上珠宝,
又借助于剪刀,脂粉和油膏,
谁说他是一个少年,简直是天生的妙龄美人。

巴巴召唤奴仆,将扮成土耳其人的奴隶带去吃饭,
却命令唐璜跟着自己,不需多言。
唐璜道:"你要将我带往哪里?"
巴巴说:"你以为这是兽窟吗?这是皇宫!
你只需跟着我走,绝不会伤害你,
你会发现,这里简直是先知的乐园。"
唐璜说:"最好如此,否则休怪我拆穿你的把戏。"
巴巴说:"不要饶舌,走几步让我看看。"

唐璜回头看着一起进宫的伙伴,
那伙伴十分忧伤。
"再见了,我的朋友。"
"别了,朋友!"他们互相致意。
唐璜说:"假如我们再无相见,
我祝你衣食无忧,拥有美好生活。"
那伙伴说:"这是命运之神的安排,
我愿你保留好的名誉。"
那少女(唐璜)说:"即使土耳其的苏丹也无法令我动情,
除非他要与我成婚。"

二十一 拜见神秘贵妇

唐璜与伙伴分手,跟着大太监巴巴走出雕花的门,
经过一座座飘荡着香料气味的楼阁,
穿过一个又一个曲折的回廊,跨上一阶阶云石平台,
最后走向一座宏大辉煌的门廊。

在婉丽暧昧的夜色中,这座门隐现着王者的威严。
门廊里飘散着幽香,若有若无,
他们仿佛正靠近一座神龛,
触摸壮丽、静谧、自在与安然。

这两扇门厚重,镂刻着繁复的花纹,
门扇上镶嵌着黄铜浮雕图案,
那是一幅战争的记录:
战士们在疆场奋力血战,

战死者尸横遍野，胜利者姿态昂扬，
远景里描绘溃败者正急急逃遁，
近景中胜利者绑缚着一群战俘。
这也许是君士坦丁堡陷落前的艺术品，
曾属于东罗马帝国的君主。

在即将跨入大门时，巴巴叮咛唐璜：
"你最好改变男儿的神态，
使自己有一丝女子的柔媚，
就算你不能像女子般弱风扶柳，
也勉强摇摆臀部。
守门人的眼光极为犀利，
如果被他看破了你的身份，
说不定会被装入口袋扔进大海，
今晚在博斯普鲁海峡，
天亮的时候恐怕已到马尔马拉海。"

他千叮咛，万嘱托，
这才在前面继续引路。
这是一个比先前任何殿宇都豪华的宫廷，
墙壁上装饰着琉璃，柱子上贴满水晶，
轩窗上钉满玛瑙，翡翠在家具上闪烁光芒，
地面铺着碧玉，吊灯上装饰着珍珠。

黄金酒杯铿亮闪烁，纯银刀叉流溢光彩，
交错的光芒宛若千万条银蛇，令人目不暇接。

装饰华贵的伞盖下有一座软榻,
一位高贵的夫人斜倚着,
天然妙目,正大仙容。

太监巴巴跪倒在地,行跪拜礼,
唐璜虽不习惯这东方的礼节,
但仍然躬身行礼。
贵妇人优雅的欠欠身,宛若美神维纳斯从大海中浮现。

她微笑着注视他们,剪水眸子顿时使所有宝物都失去光华。
她抬起月光般的手臂示意,
巴巴赶紧趋步上前,跪倒亲吻她的裙裾,
然后向她报告着什么,似乎在说唐璜。

她国色天香,仪态万方,
闪烁着高贵的,令人无法抵抗的力量。
她向侍女们发出指令,
这群擅长舞蹈的姑娘立刻展开成舞蹈队形。

她们的装扮完全和唐璜一样,
原来太监巴巴给唐璜所穿的,正是她们的衣装。
她们是月神狄安娜的侍女:
面容姣好,身段秀美,宛若降尘的仙子。

当所有侍女都退下,
巴巴暗示唐璜向前——
亲吻贵妇的脚。

唐璜十分不悦，坚决拒绝。

巴巴先是引诱，然后是威胁：
"你若不识时务，恐怕会被绞死在弓弦之下。"
唐璜坚决不屈服，他是卡斯提利人的后裔，
血管里流淌着高贵的血液，怎可行这野蛮，龌龊的礼仪。

即便是把刀架在他的脖子上，他也坚决不会屈膝，
巴巴见唐璜不肯就范，只得建议他吻贵妇的手。
对此，唐璜十分乐意，
按照文明的礼节，绅士们总是亲吻淑女的玉手。

他的仪态并不优雅，但走了上去，
在贵妇洁白若凝脂的手上，
留下了一个真诚的吻。
情人的吻最销魂，足以使你付出所有的赤诚。

贵妇含情脉脉地看着唐璜，
命令巴巴退下。
大太监后退着离去，
临走时叮嘱唐璜不要惶恐。

二十二 来自王后的诱惑

贵妇注视着唐璜，
脸上闪烁着奇异的神采，
那光洁的额头散发着魅惑的激情，
一抹红云飞上她的秀美脸颊。

她甘泉般清冽的眸子，
流露着令人难以琢磨的感情；
三分是淫荡，七分是权势。
她的笑容甜美，但却令人不可亲近。

她的纤细柔美的脚，
似乎踩着发散权力的大地。
她微微颔首，似乎是表示肯定，
又好像是彰显自己高贵的身份。

她生来就受到万千奴仆的侍候，
在颐指气使的氛围中长大。
她甚至佩戴着一柄精致锋利的短剑，
这是该国的习俗，表明她是苏丹的妻子。

她是帝国的王后。
——古尔沛霞丝。
她任性，骄傲，为所欲为，
因为她是帝国最有权势的女子。

她看到唐璜被贩卖，
于是密令巴巴去市场赎身，
无论用什么手段，无论花多大代价，
都要将唐璜买下，原来这一切，都是她的安排。

苏丹的妻子，帝国的王后，

怎么会有这般想法?

还是由她自己来解释,
她的丈夫——贵为帝国至尊的苏丹,
在王后的眼里也并不神秘,
也只是一个男人。

且不去管这最尊贵的女人的内心,
她奔放着激情的嘴唇正微微开启,
以柔美的令人倾倒的声音
问唐璜:"你是否爱过一个人?"

这句话令唐璜脸色瞬间变得苍白,
因为他的心底浮现起海黛艾奥尼亚式的脸庞,
那海上的孤岛仍然在他心灵的深处。
他头脑发胀,热血上涌,胸口仿佛放置了一块烧红的炭。

王后的话像一柄锐利的阿拉伯长矛,
刺入了他灵魂的深处,
使他痛不可言,
泪水像涌泉一般。

古尔沛霞丝十分惊异,她冒险将这个年轻人引到身旁,
本想与他一诉衷肠,
分享爱情的秘密,共享那甜蜜芬芳,
但光阴流逝,千金一刻,唐璜却似乎无动于衷。

她把手放在他的肩上,
用动人的眼神望着他,
那目光宛若秋日的水波,潋滟生辉,
从眉梢到眼睫,都溢满爱情。

然而,唐璜依旧不为所动。
她站了起来,眉梢带着嗔怒和犹疑,
然而,她的犹疑只停了片刻,
就投入他的怀中,紧紧将他拥抱。

唐璜深知这是试探性的诱惑,
但他内心充满悲哀,
他无法在此时满足王后的情欲,
他轻轻地,但是非常坚决地推开了古尔沛霞丝的手臂。

他冷冷地,高声地说:
"雄鹰不会在铁笼中产生爱,
我也不愿做王后的玩物。"

王后嗔怒的脸上燃烧起绚烂的火焰,
这是女人遭受挫折后的神色。
她的第一个想法是砍了唐璜的头,
总之,她要想尽办法惩处这个不识时务的男人。

然而,她又回心转意,决意让侍女带唐璜去安寝,
不过,要赏太监巴巴一顿鞭子。
她充满羞辱之感,真想拔刀自杀,

却又想大哭一场。

唐璜内心激浪翻涌,狠下心肠,
就算是将他碎尸喂犬,或者丢给狮子,
甚至做鱼饵,
他也绝不会陷入王后的温柔乡。

然而,王后梨花带雨的凄楚模样很快令他心软,
他嗫嚅着企求王后的原谅,
王后破涕为笑,
报以月光般的笑容。

这时,太监巴巴进来报告:
"尊敬的王后,陛下正朝你的寝宫走来。"

古尔沛霞丝带着失落,娇声说:
"期待他发光的时候,他不来;
欣悦于黑暗的时候,他却偏偏发光。"
唐璜随后被太监带出王后寝宫,
身后传来侍女们向苏丹问安的声音。

二十三 混在宫女中

且不管王后如何向君王承欢,
无论是欢娱,还是痛苦,
也不管他们做何梦,
总之打散了一对情人的欢宴。

泪水之痛皆不足以忧心,
只是那隐忧如涓涓细流,
像穿石之水,一日复一日,
会将灵魂侵蚀。

王后侍寝在苏丹身侧——
满腹怨恨望着枕边人。
她或许是这样一个女人,风流浪荡,
爱上初相识的少年郎。

她一夜不合眼地望着窗棂,
寻找久久不曾出现的曙光。
辗转不眠,悚然一惊,
她害怕丈夫突然苏醒,看破她的秘密。

唐璜穿着宫女的衣装,
与侍女们一起向苏丹请安,告退。
侍女们将要回到自己的香闺,犹如出笼的鸟儿,
丢开那束缚人的礼节,舒展身体。

她们情窦初开,心脏为爱情而跳,
她们雀跃欢呼,笑声像银子般灿亮。
唐璜自知是男扮女装,
一点也不敢马虎,以免露了行藏。

他跟随众宫女走进游廊,
回归侍女们的卧房。

太监在两侧侍候，长宫女——
一位年纪很大的女官，在前面带路。

大家都叫长宫女嬷嬷，
她轻移莲步，姿态高傲，
一边纠正侍女们的仪态，
同时维持宫廷的规矩。

侍女们未经她的许可，
不准擅自行动。
她的外号是：侍女的管家（谐称"少女的妈妈"）。

但是当侍女们进了自己的房间，
就变成了小孩，叽叽喳喳的小鸟，
和无法理解的疯子，
她们像春天的潮汛，煊赫着奔放的热情。

她们像摆脱掉婚姻牢笼的女人，
像渴望自由和爱情的女子。
她们带着乡野与市井气息，
只要无人束缚，就又唱又跳又笑，一切都美好。

她们总是有说不完的话题，
当然今天的话题围绕新来的这位淑女。
她的仪态，姿容，口音，发式。
有的说，她（指唐璜）的身段与衣装不配，
有的诧异她为何不戴耳环，

有位姑娘说她成熟的像夏天,
另一位姑娘争辩说,她正是青春妙龄,
有位姑娘说,她的身段真像男人般挺拔,
另一位姑娘说,我真希望她是个男人。

大家都围绕着唐璜,
为这新伙伴释放自己纯洁的友情。
有人希望她是自己的姐妹,有人希望他是自己的弟弟。
如果在故乡赛加西亚,她们会爱他,而不是王公贵族。

出于内心的温情,和纯洁的灵魂,
有三位侍女对唐璜最关心。
她们是:萝拉,嘉汀和杜杜,
三位绝世美人儿。

萝拉像秋天一样,闪烁着明媚与温馨,
长发幽暗如梦,言辞伶俐动人,
眼神清澈,神采如泉水般透明,
好像美惠三女神中的一个。

嘉汀像夏天一样,肌肤白里透红,
纤足曼妙无比,柔嫩的手臂好像月光,
一双大海般碧蓝的眼睛,
从眼前走过时和风吹拂,仿佛清风吹拂莲花。

杜杜像春天一般绚烂,丰满迷人,
她娇媚,圆润如玉,

呼之欲出的身段更始于横陈软榻，
细长的两眉下，春水动人，摄人心魂。

萝拉急不可耐地问唐璜："你叫什么名字？"
唐璜瞎编道："璜娜"。
"真是好听的名字。"萝拉赞叹道。

嘉汀说："你从哪里来？"
唐璜倒也不撒谎："西班牙"。
嘉汀说："西班牙在哪里？"
萝拉粗暴地打断嘉汀的话语说：
"别问了，显得你太无知，西班牙是一座岛，
靠近摩洛哥。在埃及和丹吉尔之间。"

杜杜却不发一语，静静地坐在唐璜的身旁，
用白嫩的手指抚弄"璜娜"的发丝，
目不转睛地凝视他，吐气若兰，
仿佛为她流落异乡而哀叹。

唐璜望着眼前的美人，
如同身处狮穴，却又像身处神仙宫阙，
他的心怦怦乱跳，
脸羞得通红，飞起了一片又一片云。

二十四 与杜杜同眠

就在宫女们围着璜娜七嘴八舌时，
长宫女（也就是她们的管家嬷嬷）走了进来，

慈声说道:"姑娘们,该入眠了。"
又对新来的璜娜说:"亲爱的,我们不知道你要来,
因此没有安排。每一个床榻上都有人,
今晚只好委屈你与我挤在一起。"

萝拉说:"嬷嬷,我们知道你睡眠一向不好,
怎忍让别人再去打扰。让璜娜和我睡吧。
我们都瘦小,在一张床上完全能够睡得下。"

嘉汀说:"我害怕一个人睡,让璜娜和我一起睡吧。"
嬷嬷说:"你害怕什么?"
嘉汀说:"我怕鬼怪,总是有鬼怪缠绕着我,在床柱上飘荡。"
嬷嬷说:"有你这个调皮鬼,我恐怕璜娜根本无法安睡。
还是让璜娜和杜杜一起睡吧。她柔顺乖巧,不会像你一样饶舌。"
杜杜一声不响。嬷嬷问她:"亲爱的,你愿意吗?"

杜杜走上前去,亲吻嬷嬷,表示同意。
她又亲吻萝拉,嘉汀,然后带着璜娜去自己的房间。
因为嬷嬷偏心,其他宫女们都十分不满,
但惧于她的威严,也不敢多言。

杜杜和璜娜回到房间,
卸去晚装,一件件取下珠宝首饰,
褪去长裙,裸露出白如皓月般的玉体,
仿佛月光从云端流溢。

她的栗色鬈发如同云烟,

轻笼着令人不敢直视的容颜,
她的颈项悬着一颗明珠,更显得线条高贵柔美。
她的肩膀仿佛大师的雕刻,没有一点瑕疵。
她的雪乳坚挺高耸,一圈红晕像淡淡的朝霞洇散。
她准备帮璜娜卸妆,却遭到委婉的拒绝。
由于这客气的拒绝,她的手被别针扣刺伤,
正是这坑害人的发明,救了唐璜。
他巧意遮掩,总算没有被识破,
小心的裹着衣装,睡在杜杜身旁。

二十五 杜杜的梦

烛火熄灭,青烟尚未散去,
梦魔的精灵在各个房间里活跃。
人们或惊吓于梦里的怪诞,
或在梦里与自己的爱人极尽缠绵。

杜杜忽然大叫一声,
这一声仿佛闪电划过皇宫,
将所有的宫女们都吓醒,
包括那位无微不至的嬷嬷——少女们的管家。

她惊慌失措地冲进杜杜的房间,
宫女们也都像潮水般涌了过来,
却见杜杜瞪大眼睛,两眼迷蒙,
但神色紧张,仿佛还未从梦魔中唤醒。

她的衣裙散乱在地,仿佛七彩霞光,

她秀发蓬乱，仿佛青云遮蔽天空。
她胸前跳荡的雪峰，善良的手臂和脚踝，
简直像彗星划过长空，令人无法正视。

她羞涩，惊慌，心如小鹿撞一般，
绯红的脸颊上是珍珠般的泪珠。
然而，璜娜却安静地睡着，
仿佛睡在妻子身边的丈夫。

当众人将她唤醒，她打着呵欠，
睁着惺忪的眼睛，露出讶异但谨小慎微的表情。
众人莺莺燕燕，问个不停。
还是嬷嬷冷静，叫杜杜说出惊吓的理由。

杜杜被众人吵得眩晕，好一阵才定住心神，
她虽然不像布鲁图一样能言善辩，
但也不是笨嘴的姑娘，
她告诉大家，一个惊怖的梦。

在一片幽暗的丛林里，
她一个人行走着。
那些树木高大，壮硕，结着甜美的果实，
其中一棵树上长着金苹果，
她深知这是稀世珍品。

因此驻足观望，捡起地上的石子投掷，
想把那甜美的果实击打下来。

然而那果子长得十分牢固，
不论她怎样努力，都高高挂在枝头。

正当她灰心丧气，准备放弃的时候，
那果子却自动坠落，落在她的脚边。
她捡起果实，准备咬一口的时候，
忽然飞出一只蜜蜂，将她狠狠地蛰了一口。

她痛得大叫一声，
却原来是一场梦境。
众人以为出了天大的事，
却原来是一个无关痛痒的梦。

嬷嬷大为光火，她从温暖的被窝里起来，
以为发生了什么乱子，却原来是一个算不上荒诞的梦。
她将可怜的杜杜狠狠教训了一顿，
叫她以后切莫再犯蠢行。

就算是做了奇怪的梦，
也要镇定自若，
绝不许再一惊一乍，
徒留笑柄。

众人失望的散去，
抱怨，或者低声谈笑，
杜杜一再向大家保证，向神发誓，
绝不会再扰大家的清梦。

二十六 王后的愤怒

天空泛起曙光,黎明终于到来。
古尔沛霞丝在一夜未眠的倦意中起床,
焦虑在她的脸上写满伤感,
爱情在她的眼角勾勒煎熬。

她仔细地为自己上妆,在秀发上装点宝石。
用轻纱裹起自己曼妙凸显的身段,
宛若传说中的夜莺,
胸口刺着荆棘,仍然婉转歌唱。

为长久的等待而强忍痛苦,
使声音也显得悲伤。
稍晚的时候,她的枕边人,
威严不可测的苏丹,也起床了。

他统治着三十多个王国,
和一个并不喜欢他的妻子。
君主与王后是否相爱,其实并不重要,
重要的是他们的荣耀。

古尔沛霞丝终于等她的丈夫离开,
欣悦地回到自己的私人空间,
她在这里用餐,读书,还期盼爱情,
这是只属于她一个人的世界。

一庭晴雪，殿宇重檐。
华屋帷幔，屋顶装饰着的宝石辉光闪闪。
翠玉盘里盛满果实，
精致的瓷瓶里插满芬芳的花朵
和孔雀翎。

她命令侍女将大太监巴巴传唤来，
询问他唐璜在何处？
他昨晚在何处就寝？
他是否露了马脚？
是否被宫女们发现？

这一长串问题劈头盖脑，
巴巴只能避重就轻地回答。
他盼望唐璜没有暴露身份，
实际上这青年人行为端正，至今未被识破男儿身。

巴巴向王后禀报了一切，
除了杜杜的梦境。
古尔沛霞丝感到一阵眩晕，接着是愤怒，
仿佛内心受到剧烈的撞击。

她愤怒地吼道："你这大胆的奴才，
快把那一对男女给我带来。"
巴巴装糊涂，不知王后说的是什么，
仍然假意询问。

"昨晚同寝的女人,以及她的情夫,快给我带来。
把船停在便门外的渡口,照我说的去做。"
王后怒不可遏,但又不可捉摸。
太监巴巴不敢再进谏,他怕王后将他送上绞架。

巴巴命下属传召唐璜和杜杜,
并令他们盛装打扮。
他们被带到王后面前,皇后的垂询十分殷切,
唐璜和杜杜对一切都一无所知。

他们必须立刻起身,离开皇宫。
至于他们要去哪里,我们暂且不表,
总之绝不会葬身大海,也不会有别的厄运。
诗歌之神抛换了话题,洒花枝讲述一场战争。

二十七 苏瓦洛夫将军

那是土耳其的名城——伊斯迈,
在多瑙河支流的左岸,
城内的建筑颇有东方风味,
过去一直以要塞坚固而闻名。

但以后说不定会被摧毁……
征服者总爱玩这种把戏。
它距海岸线八十俄里,
它的城墙三千托斯长。

它有一座棱形碉堡,

薄却坚硬的墙壁，宛若人的头盖骨，
有两座炮台，如圣乔治岛的模样，
一座隐蔽在下面，一座建筑在平台上。

士兵驻守多瑙河岸，威势赫赫，
将军纵观战局，从未失败。
在城的右边，还有二十二尊大炮，
气势汹汹，层层排列在军事要冲。

但是多瑙河沿岸却没有防御，
土耳其人不相信俄军会从水上进攻；
直到俄国的军舰泊在他们面前，
此时反击已晚。

但是涉过多瑙河也并非易事，
所以他们望着莫斯科的舰队，
高呼：真主保佑。
安拉。

在伊斯迈附近的岛屿上，
俄国人筑起两座炮台，他们怀着两个目的：
一是将这座城轰炸成齑粉，
包括官邸和民房，无视无辜的灵魂。

二是趁城内混乱，趁火打劫，
而且可以突袭土耳其海军舰队，
此时它正静静地泊在近处的港口。

当然，最好的办法是令敌不战而降，仿佛驱逐守门犬。

不幸的是，他们的愿望就要落空，
或许是工程师的粗心，
或许是营造商人减料偷工，
在杀人的器具上揩油，以此抚慰自己的灵魂，

不管怎么说，俄军的新炮台缺陷重重，
向对方轰击，总是打不准，
但自己却躲不开对方的回击，
因此阵亡者越来越多。

第十三天，一部分军队上了船，
正准备撤离，却忽然收到了信息，
煽起士兵们企望立功扬名的心，
同时，也开始变得兴奋。

那纸公文里写着：苏瓦洛夫。
俄军中众所周知的英雄，将来统领他们。
苏瓦洛夫，身为将军，
曾经屈尊操练新兵，像基层军官一般。

这位将军不怕浪费自己的精力，
曾给士兵表演吞火的游戏，
也曾亲自表演登梯，
示范如何越过一道沟壕。

二十八 俄军的"俘虏"

在总进攻前夕,这位征服者
正在训练一队士兵。
一些哥萨克人在山间巡逻,
黄昏时捕获了几名奸细。

其中一个讲不太地道的哥萨克语,
虽然他们并不怎么听得懂,
但是通过那语调和神态,
他们发现曾在一个旗帜下作战。

士兵应他的要求,把他和同伴
一起带到军营。
这些人虽然是土耳其人的装束,
但很容易猜出;他们只是乔装打扮。

苏瓦洛夫看着这一伙捉捕来的奸细,
以冷峻的面容和犀利目光对着来者说:
"你们是从哪儿来?"
"君士坦丁堡,我们被土耳其人所俘虏,刚刚逃出来。"

苏瓦洛夫说:"你们是什么人?"
"你看我们是什么人?"他的话极为简洁,
因为他知道面对的是谁。

"叫什么名字?"

"我叫约翰逊,他叫唐璜,
还有两个女人,和另一个,半男不女。"

苏瓦洛夫对这班人扫了一眼说:
"我听过你,但没听过唐璜,把这三个人带来真荒唐。
好吧,记得你曾经在尼古拉耶夫团?"
"正是在那里,将军。"

"威丁战役你参加了吧?"
"是的。"
"率领过军队吗?"
"是的。"
"之后呢?"
"这个却难说。"
"在攻陷中,你是第一个?"
"至少没有落人之后。"
"后来呢?"
"一颗子弹让我仰面倒下,就做了敌人的俘虏。"
"那你在这里,可以报仇了,
眼下被围的城比你之前攻击的坚固两倍。"

"你想加入哪个阵营?"
"听您决定。"
"我想你更希望在敢死队吧,
经历了敌人种种折磨后,
你一定迫不及待地准备反击,
可是这个小伙子呢?

连髭须都没有长,衣服也撕破了,
他能做点什么呢?"
"啊,将军,你可以派他打头阵,
他在战场上,如鱼得水正如在情场上一样。"

"好啊,如果他敢。"
唐璜深深地鞠了一躬,认可了将军的安排。
苏瓦洛夫接着说:"你的老联队,
老天佑护,就在明天,
说不定也许是今天晚上,就要领头进攻;
我已向几位神明许过愿,
很快,伊斯迈将夷为一片平地。"

"对了,你现在就去你的老联队,
这会儿他们应该整装待发了。哎——
卡兹科夫!(他召来一名波兰传令兵)
将他带到尼古拉耶夫的联队去。
至于这个小伙子呢(他转身望着唐璜),
就跟在我身边吧。那两个女人,
送到粮草车队或者病号区。"

"我是否能说明一下,尊敬的阁下,"
约翰逊,这位英国朋友说:
"这不是我们的妻子,我在军中多年,
不会不懂得这些纪律,
把自己的妻子带到军营里来;
在前线作战,

最容易让心绪烦乱的就是妻小在面前。"

"这是土耳其贵妇,她们及她们的
仆人帮助我们逃脱,又陪伴我们
做成这样奇怪的装扮,经历艰难的跋涉。
对我而言,这种艰难不算什么,但对她们
的确不容易,吃尽苦头。
你若想让我专心作战,奋勇杀敌,
我希望你能给她们妥善的安置。"

约翰逊看到她们无比惊恐,
但他对东方人的情感不是太懂,
就以自己的方式安慰,显然没多大用;
唐璜多情善感又血气方刚,温柔地说:
天明时她们一定能看到他,否则他将
让俄军不好过。女人们听了这句话甚感安慰,
她们才不会去分辨是不是大话。

二十九 围城之战

一切准备停当……炮火与刀剑,
还有精神抖擞的士兵,早已整装待发;
队伍如出巢的雄狮,绷紧肌肉,
准备一场厮杀;又如一条九头蛇,

蜿蜒前进,吐着信子犹如死亡信号。
九头蛇是杀不死的,因为你砍掉一个头,
另一个头又长出,

正如前仆后继的英雄们。

三百门大炮犹如在呕吐,
三万支火枪喷射着冰雹,
沾染着鲜血,像一丸丸药剂。
死亡的账单连篇累牍,一日一新。

瘟疫、饥荒、医师,像嘀嗒行走的时钟,
将过去、现在和未来的凶讯一一汇报;
而这文字所描述的恐怖,
远远不及一场真正的战地景况。

这是唐璜初次上战场,
在寒冷又漆黑的深夜行军,
几乎不弄出声响,只管疾走,
在行军的队伍里,

唐璜可没有在凯旋门下那么信心十足,
现在,他瑟缩着,打呵欠,
瞟着乌云压顶的天空,忧郁又懒散,
希望快些破晓,但也并没有因此当了逃兵。

他们攻进了城,一个纵队杀出一条血路,
另一个纵队跟进,弯刀与刺刀撞击,
闪着亮光,或者沾满乌血;
远处传来母亲和孩子的哭嚎,还有撕心裂肺的尖叫。

清晨的气息里充满硫黄的味道,
连呼吸都变得艰难。
可是土耳其人,还是不肯撤出城围,
奋力捍卫自己的领地。

最终城池被占领,一点一点地,
在漫长的进程中,死神喝足了鲜血。
没有一条街没有这样的人:
为了保护它而流尽最后一滴血……

战争不再是一种艺术,
让位于天性的破坏,
屠杀的疯狂如尼罗河岸炽热的土壤,
炫弄着种种丑陋的形状。

一个高视睨步的俄国军官,
走过成堆的尸体时,感到他的后脚跟,
猛地被一口咬住,好似夏娃遗留给
她后代的教训:蛇的噬咬。

他拼命地扭身、踢踏、咒骂和撕扯,
被咬出了血,他像狼一样嗥叫,
那牙齿得意扬扬,咬住他不放,
正如古人所描述的那条狡猾的蛇。

原来是一个濒死的回教徒,
他感觉敌人从他身上踏过,迅速地,

用牙齿咬住最敏感的脚筋部位。
（荷马以及希腊诗人所谓的阿喀琉斯的后脚跟）。

无论如何都不肯松口，
他的牙齿已经穿透了敌人的肌肉，
据传，斩断的头依然挂在那只脚上。

三十 拯救孤女

与城堡一同毁灭，这叫善良的心？
不寒而栗……此时，
一个十来岁的小姑娘，美得如五月里的花，
瑟瑟发抖，想把自己弱小的身躯藏在血泊间。

两个哥萨克士兵，端着武器，
气势汹汹地向这个孩子追来；
这情形看上去，连西伯利亚最凶猛的野兽，
也显得仁爱，纯洁和善良。

熊算得上文明，虎算得上和善，
狼也要温驯的多，但这一切要归罪于谁呢？
他们的天性残忍？还是因为君主，
让他们尽情地杀戮？

他们的马刀在她小小的脑袋上晃动，
一头秀发悚然竖立；
这惨烈的景象被唐璜恰巧碰见，
他吼骂了一句恶毒的语言，

猛扑上去，命令哥萨克士兵住手。

唐璜迈过一个个尸体，
把小姑娘从血污中抱起，
如果再迟一会，这里将是她的坟墓，
想到此，唐璜不仅毛骨悚然。

约翰逊跑了过来，
身后还跟着几百人，叫着：
"唐璜！我的老弟，我用一块钱打赌：
莫斯科准会把圣乔治勋章发给咱们俩。"

唐璜并不理会他，直到约翰逊
挑出几个最靠得住的士兵，保护这名孤女
并嘱咐说：假如这孩子出了差错，
你们都得被枪毙。

假如到时候，这小姑娘
被保护得安然无恙，
这些人至少得到五十卢布，
或者更多的奖赏。

啊，不幸的伊斯迈……
燃烧的塔楼映在多瑙河上，
混着血水，红艳异常。
远处的厮杀声和凄厉的嚎叫没有终止。

战争的声音此起彼伏,
但大炮的轰鸣越来越低沉,
守城的四万大军所剩无几,一片沉寂,
大概还有几百人,拖着残躯。

成为征服者的苏瓦洛夫,他的功业
可与帖木耳或成吉思汗相媲比,
红彤彤的火焰在街道和寺院里燃烧着,
炮火还未完全熄灭,他用沾血的手指,
写下第一张捷报:
"荣耀归于上帝与女皇!"
(这两个名字竟并论而提,苍天啊!)
"伊斯迈属于我们了。"

唐璜,我们伟大的主人公,
打过伊斯迈的攻坚战,
如今又被差遣,把捷报送到彼得堡,
全城的人都在翘首以盼。

那土耳其的孤儿随他一起回城,
因为她无依无靠,没有家了,
她所有的亲人,都在围城丧命,
在她身边栽倒,成了鬼魂。

她出生的城市已化为一片废墟,
平日寺院里低沉的钟声再也发不出祈祷,
唐璜心里一阵阵酸楚,并发誓要保护她,

这一点他倒没有食言。

三十一 赶赴俄国

在战争中出了风头的唐璜，
正带着公文赶路……这些公文中，
谈论流血就像谈论喝水一样；
城市像废墟，尸首累累已堆满。

这捷报献给娇艳的叶卡捷琳娜女皇，
不过是她的一种消遣，国家之间的
厮杀，在她眼里是一场斗鸡游戏，
所幸她的那一只，一直屹立不倒。

唐璜坐在一辆马车上飞一样前行，
（一种没有弹簧的倒霉马车，
在崎岖的马路上颠簸，要扯碎人的骨头）
他低头沉思：关于国王、命令以及勋章。

还有他所做过的事情……
他希望着驿马能如长了翅膀的天马，
离地飞奔，
以免他磕碰得这么辛苦！

每当马车一震动——
震动相当频繁，
他都要回头看看那个小女孩，
似乎希望她的感觉不要像他一样糟。

这道路沟沟坎坎，石块遍地，
一条像河的路，船也行不得，
江河与陆地，农田与渔业，
都终由上帝来掌握。

三十二 女皇的恩宠

唐璜穿着红上衣，外翻乌貂皮领，
倾斜的帽子上插一根长翎，
颇为漂亮。
如海上风涛中篷起的帆。

华美的马裤如水晶般闪亮，
一看就知道是开司米毛呢制作，
长袜如还没凝固的鲜乳，
套在匀称的脚上正把鲜艳的丝光衬出。

设想他身旁立佩剑，手拿帽子——
（军中巧工的裁缝是伟大的魔术师，
一挥魔杖，美即出现，
连自然的鬼斧神工也自叹弗如，
它不懂得使用别针把手脚绷紧。）
看，唐璜就像高踞石座上的英雄，
或者，变成了一个炮兵中尉的爱神。

朝臣们拭目而看，贵妇则低声细语，
女皇微笑着，

她的宠幸却不禁皱眉……
最近当值的不知道是哪一位。

自从女皇加冕以来,
轮流值班的人太多,
大多身强力壮,一表人才,
且身高足六英尺,一副巨人相。

唐璜与他们可不同:
他身形颀长,面色红润;
这个面容如天使般的人物,
在言谈举止间,尤其是眼神里,
遮掩不住的秘密:
仙子的华衣下隐藏着男子的心。
何况女皇也喜欢男孩一样的男子,
刚刚不是埋葬了一个漂亮的小伙子。

叶卡捷琳娜是战争的祸根,也是
和平的根源,是任何事物的起因。
(从这些起因产生一切存在,
你可以任意选择,哪个都行。)

她欣喜地看到,这个信使如此漂亮,
头上的白翎显出胜利的光彩;
他跪在那里,呈上捷报,
她凝视着他,痴神地忘记了拆看。

但立刻想到了女皇的威严，
当然也并未忘记自己是个女人，
（这才是构成她整个人四分之三的成分。）
她拆开信，群臣们察看颜色，并提心吊胆。

直到她展颜一笑，天气才真正晴朗。
女皇的脸虽然很大，却也庄重，
她的眼睛极其秀美，嘴唇的线条温柔典雅。

女皇从座上看下来，唐璜往上瞧，
两人就这样坠入爱河，
她爱他的容貌、举止，谁知道还有什么，
爱情的美酒，饮第一口最易醉。

爱情犹如鸦片，不用太多，
一口便让人迷醉；
除了泪水，情人的眼睛什么都能汲取，
尤其是生命的泉水。

这已经足够，爱情虚无缥缈，
它因自私而起，又因自私结束；
还有一种爱情只是一时的热忱，
把自己的脆弱与孤独的美结合，
点缀那颗疯狂的无法遏止的心，
如果没有这种美，热情也就消失；
所以一些旁门左道的哲人，
倡言爱情是宇宙的本源。

朝廷霎时议论纷纷，嘴唇凑着耳朵；
年老的女人皱纹皱得更深，
年轻的女子瞟着彼此，
会心一笑；

饶舌的佳人都微笑着，
谈论这件新鲜事。
只有那些轮值被宠幸的人，
因嫉妒而流下了眼泪。

其他国的大使都在探问：
这个陌生的年轻人到底是谁？
一刹那间就青云直上，
这么快——不过生命也只在一瞬间。

他们仿佛看到，闪闪的银卢布
以狂风骤雨的速度，落入他的柜子，
还有数不尽的其他礼物：
比如几条丝质的绶带，和几千农奴。

女皇陛下下了一道诏令，
把这个年轻的中尉交给有身份的官员，
要以礼优待；整个世界变得和颜悦色，
（乍一看它确实如此，
但是年轻人记住这点没有坏处。）

普罗塔索娃小姐也对他高看一等,
她似乎是一位"督察"。
唐璜陪伴陛下,一起出了大殿,
担负起微妙的职务。

三十三 上流社会

唐璜一跃成为俄国上流人物,
至于为什么,不需要问,
像这样的年轻人,
哪能禁得起这么震撼的诱惑?

不过,他的心却如女皇宝座上那张软垫。
欢歌笑舞,觥筹交错,
少女的笑语融化了冰雪,
冬阳也变得灿烂。

能得到女皇的宠幸是多么惬意,
尽管他的任务也不简单,
但是对他来说,正是显示本事的机会,
他会把每一件事做得漂亮。

他现在已经不是小树苗,
无论是爱情还是官场上的钩心斗角,
他都能应付,这对他算是一种报酬,
不像老年人,只能在金钱中获得乐趣了。

唐璜不必孜孜以求,恩宠自然来到,

这在宫廷还是其他地方都不多见,
源于他的青春貌美,
还有作战杀敌的功绩;
也源于他赛马一样的血气,
和时常更换的漂亮雅致的行头……
这使他更加俊美,像太阳被云霞点缀。
但最主要的还是:那个老女人的赏识。

他给西班牙的亲朋好友写了信,
都听闻他过得风光惬意,
有点小权力还能为表兄弟谋份差事,
当天就有几个回信给他。

他们早就做好了出国的准备。
他们认为:除了要吃点苦,
再加上一条长大衣,在气候上
马德里和莫斯科并没有什么区别。

当然母亲伊内兹最先得到消息,
银行中的年金已经不再减少,
虽然被唐璜提取的所剩无几,
但是他终于可以自食其力。

应付自己庞大的开销。
她很高兴,不再是那个寻欢作乐的少年,
一个人成熟的标志就是——
把花费降低。

唐璜在温柔的处境中倍感舒服，
但是他有时又会像某种植物，
一碰到就收缩，羞涩的像含羞草，
像厌倦诗歌的帝王；
也许是寒冷的气候让他别扭，
希望涅瓦河中的冰凌五月节解冻，
也许在完成女皇的任务时，
外面的美女让他蠢蠢欲动。

总之不管什么原因，他病了。
女皇忐忑不安，
赶快传来御医——
唐璜的脉搏过于活跃，
显示出一种将死的征兆。

向着热病的趋势发展，
整个宫廷变得骚动不安，
尤其是女皇十分惊骇，
只能药剂加量。

唐璜拒绝死神的拜访，
他的体格健壮，加上年轻，
使医生看到了希望，
最后开出药方：他应该进行一次旅行。

这里的气候不适合来自南方的唐璜，

禁不住在寒冷中变得血气旺盛,
叶卡捷琳娜女皇十分不舍,
脸色变得阴沉又失却了镇静。

但是,当她一看见他那明眸变得如此晦暗,
像折翅的鹰颓堕萎靡,
便决定让他做一个使者,
当然排场要符合他的身份。

正巧不列颠与俄国正在谈判,
商讨签订某一项条约,或者
交涉某种利益;
或者,一次商务协定。

总之,一再拖延,
大国总是如此,枝节争议,
没完没了。关于波罗的海的航海权,
兽皮,鲸油,牛脂等等,英国人想独揽所有权。

三十四　穿越欧洲之旅

叶卡捷琳娜对宠臣一向慷慨,
把这个秘密的差事交给他去办,
不但要显示皇室的尊严,还算是给唐璜
一番像样的酬报。

次日,唐璜吻过女皇的手,告别上路,
揣着女皇对他的告诫:如何与对手

周旋，施展手腕。还有荣耀，
以及大量馈赠物，可见恩赐者多么体贴和周到。

年轻的唐璜乘上彼得堡的漂亮马车；
这曾是女皇多年前出行的马车，
炫夸过女皇的冠冕，皇家的显赫，
如今被赐为唐璜的礼物。

马车上，只有唐璜和小莱拉，
她是他从伊斯迈的屠杀中
救出的孤儿，倍受唐璜的呵护，
这颗纯洁闪亮的珍珠。

他们经过波兰，到达普鲁士的哥尼斯堡，
这里有铁、铅、铜的矿脉，
还有大哲学家康德。
唐璜不管什么哲学，只一味向前穿越德意志。

又走过柏林、德累斯顿等城市，
两岸哥特式风格的城堡耸立，
唐璜他们已经到达莱茵河。
这中世纪的建筑引人遐想：

灰色的城墙，生锈的铁栅，
远望像一片铜绿色的废墟，
让人向往，好似要飘过
古代与今世的分界线，陶醉在虚无缥缈间。

首先映入眼帘的是美丽的阿尔比安,
啊,可爱的多佛,你的山峦、港湾
和旅馆;你的关税和苛捐,闻铃赶来,
像侍役。而旅客,成了你们的战利品。

无论是陆地还是久住海上的主人,
对不谙地形的异乡人,
丝毫没有一点情面,
从从容容地列出一大堆账单。

虽然唐璜年轻、阔绰,还有些挥霍,
他出行多的是卢布、现金、支票和钻石,
从没有考虑过要节约支出的问题,
却也对那账单瞪了一眼,不过照样付了钱。

他精明的管家,那个希腊人,
拿着这叠账单,边念边算,
只有空气是自由的,可以尽情地
呼吸,可是来这里呼吸也要花上一大笔。

赶快离开这里吧,到坎特伯雷去!
踏着碎石子路,绕过水洼泥坑,
驿车的速度真是让人畅快,
不像在德国,慢吞吞送葬般的队伍,

而且车夫还时常停下来,

喝两口老酒，
就算骂他们也白搭，这些可悲的家伙，
如雷电影响不了的避雷针。

一堆毁坏的砖瓦，一片废旧的船舶，
在污浊昏暗的烟雾中若隐若现，
极目远望，广阔无边，
随时有船只漂过，

之后便消失在无数的墙桅中；无穷的楼塔
也探入到乌黑的云层里去。
再一望那巨大的圆顶，暗褐色如
一顶滑稽的帽子：这就是伦敦城！

三十五 路遇强盗

唐璜从舒特山走下来，
在夕阳中，在蜿蜒的坡路，
俯瞰善与恶之谷，
伦敦的街巷非凡的热闹，

周围却是寂然无声；
除了车轮轧轧辗转声，
就是远方传来城市低沉的嘈杂声，
如渣滓沸腾，蜜蜂嗡嗡。

唐璜从车后，走向山顶，
一边沉思，这个伟大的国家多么奇妙，

"啊，这才是自由神选中的地方！"
周而复始的选举是新生的象征。

"这里有纯洁的生命、贞洁的妻子；
人们按着自己的意愿付款，购买奢侈品，
那是因为他们富足无忧。
这里的法律神圣不可侵犯，
没有抢劫，没有陷阱，到处都很太平，
这里……"一把刀子打断他的赞叹：
"瞎了你的眼！把钱拿出来，
不然就要你的命！"

唐璜对英文一句都不懂，
但强盗的行径他看得十分明白，
急躁的性情让他掏出手枪，
击中一个家伙，那家伙大声嚎叫：
"啊！杰克，那凶狠的法国佬打中了我！"

同伙见状四散奔逃，
唐璜的侍从们这时也赶到，
一边赞叹一边送上迟到的援助；
唐璜看到还在流血的强盗，
仿佛用生命在倾倒，
赶紧叫侍从拿来棉花和绷带，
一边进行急救，
一边后悔自己开枪太快。

"难道用这种方式来欢迎异国人,
是这个国家的习俗?"
也罢,这和旅店的主人也没什么两样,
只不过他们用鞠躬抢钱,强盗用刀子抢钱。

这个躺在路边的家伙还在呻吟,
怎么办呢?唐璜看着不忍心,
说:"带上他吧,我帮你们把他抬起。"

还没等到他们开始这项善举,
那垂死者便叫:"别管我!是我罪有应得!
来杯酒多好,买卖没做成,
就让我死在这里吧!"

他呼吸急促,生命的火焰逐渐熄灭,
伤口的血液变得又浓又黑。
他从肿起的脖颈解下一块领巾,
说:"把这个给莎尔!"然后就死了。

三十六 初入英国社交界

唐璜一行人进了一家旅馆,
一家殷勤备至的旅馆,
尤其是对外国人,那些被上帝眷顾的人,
从未发现账单收费高昂。

许多使臣不是长住就是落脚,
(这里是外交谎言聚集的巢穴!)

直到他们迁往某个著名的广场，
把自己的头衔悬挂在铜门上。

唐璜的使命带着微妙的色彩，
受个人所托，像一个极大的秘密，
所以没有正式头衔，
却传闻大有来头，一个异国的钦差。
俄国权贵将光临本国海岸，
人们听说，他年轻、漂亮又有才华，
还曾迷惑了君主的心。

唐璜将俄国国书，交给显赫的人物，
装腔作势了一番。
这使英国人以为，这小雏儿不费吹灰之力便能对付，
就像老鹰抓捕一只小鸟一样。

唐璜风流偶傥，
出入英国社交界，
他的衣冠、举止无不博得众人称赞，
也赢得了爱慕者无数；
一颗硕大的钻石引人观看，
据说，那是叶卡捷琳娜女皇
在陶醉的时刻（爱情和美酒的发酵）
送给他的礼物。

他的独身身份，对小姐们和
已婚的少妇极其重要：

不仅增加了前者结婚的渴望,
还让后者——如果她不拘泥和自傲,
对她也有用处,不像与已婚情郎相好,
守着那么多条条框框,罪过和麻烦,
成倍地纠缠。

少女见了他会脸红,少妇也如此,
不过那不是瞬间的红晕,
而是脂粉,脂粉与青春,
都对他施展魅力,有哪个绅士可以拒绝?

早晨,唐璜如一切公务员,
不过是一场空忙,
这种消耗令人倦怠,
而倦怠最易传染。

像人披上最毒的索命衣,
躺在沙发上,郁闷惶恐,
厌恶和绝望……除非是为了祖国,
可是祖国并未变好,虽是应当变好的时刻。

他下午忙着拜访、吃饭、打拳击,
直到黄昏,乘着马车驶过街道与广场,
植物花荫下,蜜蜂嗡嗡,
时髦的淑女漫游其中,呼吸新鲜空气。

然后准备赴宴,
花团锦簇,灯光辉煌,
青色的大门发出阵阵声响,
为幸福的少数人敞开,仿佛进了一个纸醉金迷的乐园。

三十七 小莱拉的看护人

言归正传,我们可爱的唐璜,
现在在伦敦了,一个有名的城市,
这里布着天罗地网,
等待着东奔西撞的热血青年。

在这角逐的猎场上,激烈地忙碌,
你早不是生手,但是在异国他乡,
终究还是有些事情不太懂。

那个小莱拉,长着一对东方人的眼睛,
也像亚细亚人一样沉默,安静,
看待西方事物并不感到惊奇,
这让达官贵人觉得惊讶。

他们认为新鲜的事物是飞舞的蝴蝶,
应该像追逐食物一样捕猎,
她迷人的姿态,传奇的身世,
一时成为人们津津乐道的谜。

为了承担教育这孤儿的责任,
很多人纷纷表示自己能胜任,

后来发展成一场竞争。

因为唐璜是显赫的人物,
所以不能称为"救济"或"怜恤",
否则就是对他人的折辱,
竞争的人有十六位名门寡妇,十位
圣贤的女子,她们的出身可载入中世纪史。

每个姑母或者表姐都有了打算,
已婚的少妇也充满无私的热忱,
为自己的情人撮合阔小姐,
看,这就是上流社会的美德!

这个讲究道德的希望之岛上,
关照那位阔小姐的人不胜其烦,
如果她是个男孩子有多好。

但是现在必须要把她安置好,
她年轻又纯洁,像黎明一样,
像常言说的,跟白雪一样洁白,
她纯真却并不怎么活泼。

现在所有老气横秋的女人,
都争着要来驯服他的亚洲小野人,
就与这个"消灭恶习协会"作了一番评议,
最后他选定了品契别克夫人。

三十八 品契别克夫人

品契别克夫人年纪大了，但德行高尚，
以前如此，我相信现在亦如是。
虽然流言蜚语从未消失过，
竟然说——但我耳根清净。

不愿听一句空穴来风的诋毁；
那些闲言碎语，令人厌恶，
如牲畜所咀嚼的反刍食物。

她有几句金科玉律的名言，
流传甚广，她正献身于慈善事业，
在她的后半生，将被奉为典范的妻子。
她高尚的德行在上流社会彰显，
在自己的生活中，又有和蔼可亲的一面。

面对年轻人的不良习惯，
她从不忍心责骂。
那个东方来的小孤儿，
引起她的兴趣，且日益增长。

她宠爱的人当中首推唐璜，
在她的心目中，他本质是好的，
只是被一贯地娇纵，不仅如此，
他坎坷的经历——能到现在确是奇迹，
那些经历本会置他于死地，

他却安然无事,至少没有完全毁灭。

年轻时历遍世事沧桑,
才不会对一点点事就感到稀奇。
那时候的兴衰最能启发人,
如若不然,发生在已经成年,
人们就会责怪命运之神,
和苍天的不公允。

逆境见真知,
饱尝风暴、战争和女人之苦的人,
无论在十八岁还是八十岁,
都会获得经验——很深的经验。
至于这经验到底有多大用处,另当别论。

总之,唐璜把小孤女交给这位夫人,
谁都知道,唐璜非常高兴:
他所照看的孩子终于有一位夫人
可嘱托,一个好的监护人。

那位夫人的最后一个女儿也已经出嫁,
她可以把剩下的一切转交给后来人,
像市长的游艇,或者换个诗意的说法,
像维纳斯的贝壳。

如果没人管束,对这孩子绝没有好处。
唐璜知道自己当不了家庭教师,

也没有兴趣负责这类事,
缺乏教养的被保护人会使他蒙羞。

三十九 结交亨利勋爵

有位阿德玲·阿曼德维夫人
(这是古诺曼族姓氏,那些在哥特人
最后的田地上流浪的人,会遇上这种世家人。)
是贵族出身,也因此获得一笔财富。

她还美丽,在美人堆里也算得上佼佼者——
在英国。哪个真正的爱国人士,不把它
视为最益于身心发展的国度?

她贞洁的爱让爱诽谤者无计可施,
她嫁给一个自己热爱的人——
一个在参议会很有声望的人,
他沉着、冷静,典型的英国派头,
虽然有时候也会大发雷霆。
却骄傲于自己和自己的妻子,
纯真无瑕。没有人能道出他们的过错,
她安于美德,他安于骄傲。

如此,因为外交公务的往来,
使他与唐璜常常密切接触。
他为人谨严,不轻易交朋友,
可是唐璜的沉稳耐心与
这般年轻就有的才华,软化了他的傲慢,

他开始尊重,并与之成为礼貌上的朋友。

骄傲和冷漠让亨利勋爵常有戒心,
从不轻易对人下结论,但若有了主见,
不管对错,是朋友还是敌人,
他都固执己见,无法商量,
不屑于任何人的指教,
他的喜好全凭个人的意志左右。

这个西班牙人,获得了勋爵的青睐,
因为他文雅且不苟言笑,
还很驯良,让他敬重。
唐璜虽然年轻,却会温和认同,
也能矜持有度地反驳。

他洞悉世事,不纵容小过,
因为错误往往是滋生大罪过的土壤,
杂草丛生,以后会更难抑止,
它的丰盛早晚超过种下的庄稼。

于是,在亨利的宅邸,即某广场,
唐璜成了受欢迎的人物,
像其他世家子弟一样,体面而尊贵。

有人以才气向人示傲,
有人用财富当通行证,
甚至时髦的装束,也成了讨人欢心的工具,

衣冠楚楚，竟能把其余的都代替。

四十 诺尔曼寺院聚会

英国的冬季在七月结束，而八月
又重开始……现在正是结束的时候。
也是马车夫的乐园：车轮飞转，
马车南来北往，如流星赶月。

有谁顾惜它们？车夫只管跑得快不快，
就像人，只顾自己，或自己的儿子，
即使这样，也有前提：这个亲生骨肉，
在大学里欠下的债务，
不得多于他获得的知识。

当水银柱降至零度，啊，看吧！
五花八门的马车装满行李，带着跟班，
从卡尔顿宫向索荷飞奔，风尘滚滚，
这些租到马车的人是多么惬意。

城外大道上扬起灰尘，
而城内公园里，则人烟稀少。
店主拿着账单，看着马车夫套好马车，
只得在一旁长叹。

亨利爵士及夫人阿德玲，
像其他贵族一样，也到乡下来了，
那是一座华贵优雅的府宅，歌特式样。

可夸耀的悠久世系，在时光中，
逝去了多少英雄美人。
他们的家族就像这古老的橡树，
一棵树即是一座墓碑，刻着祖先的事迹。

这对贵族驰向诺尔曼寺院，
那里曾是一座古老的修道院，
现在更加古朴沧桑，一色的
哥特式风格，雕饰和檐廊如今相当罕见，
被建筑师称为难得的标本。

遗憾的是它坐落在山谷中较低的位置，
也许是修道的僧人喜欢靠山背水，
它能挡住风的侵袭好安静地祈祷。

这哥特式府邸里，贵宾云集，
先从女性说起吧：
有公爵夫人费兹甫尔克，爱找别扭的伯爵夫人，
喜欢打听的茜莉夫人、糊涂的布赛夫人，
爱出风头的爱格拉小姐、饶舌的蓬巴静小姐、
披羽纱的麦克斯台小姐、一袭束身衣的奥太倍小姐，
那位大银行家的太太听说是犹太人，
还有看起来无比可爱的拉比夫人，
其实心地褊狭小器。

今天的东道主是亨利勋爵与他的夫人，

前面那些名字都是嘉宾,
他们的餐桌上摆满佳肴,丰盛的足以
把鬼魂引诱,为了享用跨过冥河来。

无论是汤汁还是烤肉,我都不想再加以细说,
历史已经重复的太多,关于饕餮的案例;
因饥饿而获罪的世人啊,你们的幸福是什么,
自从夏娃偷吃了苹果,饮食成了准则。

很早的时辰,宴会已告罄,
不会拖延至午夜,那已是伦敦的正午。
在乡间就不同,淑女们返回自己的闺阁,
总是在月落之前。

啊,每一朵似鲜花睡得香甜,
渐渐恢复玫瑰般的娇颜,
睡眠安适才能让脸颊鲜艳,
——几个秋冬可以省下多少胭脂钱。

四十一 猎狐

假如说,在阴郁而寂静的夏天,
一阵阵热带的风吹过,却没有雨,
海浪温吞吞地翻,河涛也有些狂怒,
苍灰色的天空下,景色晦暗,
这一切让人感觉沉郁又哀伤,
假如此时望见一个漂亮的姑娘,
该是怎样的神清气爽!

伊甸园里的两个主角,
追逐,嬉戏。这里风景秀丽,
仿佛真空,不受黄道十二宫的影响。
然而,难以言传的感觉次递出现,
太阳、月亮、任何发光的物体,
层峦叠嶂和我们漂移不定的思绪,
历历如讨债人一样扫着人的兴,
自然界中的讨债人和人世间索债的商贾别无二样。

异国人怎会熟悉这猎狐的游戏,
带着双重危险:
一是跌落马背,摔得鼻青脸肿,
再是拙劣的演技引来的哄笑。

唐璜自幼在旷野里驰骋,
迅捷如一个复仇的阿拉伯人;
他的马熟悉自己背上这名骑马的行家,
无论是猎马、战马、车马。

在这片新场地上更突出了他的骑术:
看他越过篱笆、沟渠和栏杆,
毫不犹豫,从未失足,
唯一烦心的是不见猎物的踪迹,
有时候,他违反了捕猎的行规,
可对于年轻人,谁没有一时糊涂?

偶尔踩到了猎犬，
还曾将几位乡绅挤到了一边。

但是，人们一律对他表示钦佩，
他和马，永远的安然无恙；
对这异邦的才士，无不交口称赞，
粗莽的男人嚷着："见鬼！竟然还可以这样？"

身经百战的老猎手也击节称赏，
这叫他们想起自己的年少时光；
即使最高明的猎手也拜着下风，
认为自己只能充当助手。

四十二 情挑

跳舞更是他的特长——
在这目挑心招的舞台上，所有异国人，
比严肃的盎格鲁人都要高明。

他灵敏的身手，加上心神专注——
满足了跳舞艺术必需的条件。

他的舞姿没有剧院式的造作，
也不是芭蕾舞演员般的木偶，
他成为人群中的宠儿，
如爱神般被人仰慕；

骄纵坏了的心，也并没有太过分，

没有无休止的虚荣。
任是有节操的人，和那些生性放荡的女子，
都屈服于他高超的手腕之下。

爱好征服的弗芝·甫尔克公爵夫人，
却想让他拜倒在自己的裙下。
这个美妙且丰腴的金发女郎，
有着非凡的言行，意会的眼睛，
几年来驰名于奢华社会的上流，
守候着她丰硕的战果。
最近她在猛攻一位勋爵，
奥古斯都·弗芝·普兰泰杰纳。

这位高贵的绅士，看到公爵夫人
与唐璜调情，面露不悦，
但是他知道不能自讨没趣，
这自由从来女人就拥有，
他的脸色只能造成不快的场面，
但这种局面有时候很难免，
如果他们靠着女人过活。

社交界里传出窃窃私语，
一阵阵讥诮的笑声，
贵妇皱起眉头，年轻的少女不敢迈步，
有些人希望不要太过头，
有些人不相信这样的存在，
有些人在沉思，有些人感到困惑，

有些人宁愿认为失真，整个故事带着水分，
也有些人出于同情而开始怨恨。
同情奥古斯都·弗芝·普兰泰杰纳勋爵。

奇怪的是没有人提到公爵本人，
难道他不曾耳闻？
夫人的行径他并不关心，
连他都容忍妻子的逢场作戏，

别人又有什么全力干涉。
这一对完美的组合：
一对毫无瓜葛的组合。

阿德玲夫人准备出面阻止，
这个可悲的错误发展下去，
她简单质朴的想法无可厚非，
天真无邪的人，不需要，
少女们树立的栅栏，
这栅栏的背后从未被人看见。

人人都清楚：公爵夫人最会耍手段，
用卑鄙的方法在情场运转，
纠缠不清，像一只狡猾的狐狸，
撒娇的本事更是一流，
有事无事也会找个碴儿，
让你不得清闲，恼人又快活。

不舒服,她的忽冷忽热,
却又无法放手。

阿德玲夫人,她那颗不知欺诈的心
隐隐不安,
时时把丈夫召到一边,
商量如何规劝唐璜。

她那使唐璜脱离女妖勾引的妙计,
使得亨利勋爵发笑。

四十三 阿德玲夫人的友情

如一个预言家,他说:
首先,他不会干预任何人的事情,
除了陛下的命令;
其次,对这种眉目不清晰的事情,
不要妄下断言;
再次,唐璜脑中的主意比胡须还多,
不必被别人牵着走。
最后他说:"忠言未必成就好事。"

在离开之前,他又加上一两句亲热话,
像流通在交际场的货币,
虽然有些滥调,但是因为
没有更好的,照样流通。

他翻看公文包里的东西,

打开函件，匆忙看上两眼，
然后心平气和地，吻了她一下，
那种吻不像给他年轻的妻子，
倒像是吻一位老姐姐。

他善良、冷静，有着可尊敬的品质，
有着可自豪的出身，
在国务议政会上，仪表堂堂，
在国王面前是个得力的大臣，
陛下的华诞，他佩上金星绶带，
高大而庄严，成为百官的典范。

但是，却总觉得他缺了点什么，
说不上来，也许是
美丽的女人所谓的灵魂……
不是肉体，白杨般笔挺的身材，
他的相貌实在美好；
不管是在战争中还是谈恋爱，
他都是一副严阵以待的状态。

而阿德玲，也有这样一个缺点：
她的心广阔而华丽，像一座大厦，
但是却空虚；她的品行洁白无瑕，
是因为还没有什么能够占据它。

她的心摇摆不定，时时触礁，
远不及那些坚强的心更有办法，

但是坚强的心若要自取灭亡,
会在内部整个坍塌。

她不了解她的心,
也许那个时候,她并未爱上唐璜;
即使爱上的话,她也有足够的毅力
避开这种危险的冲动。

她对他唯有同情,
这异邦的男子身处险境:
他们的朋友啊,如此年轻!

她一直认定,她是他的朋友,
没有一丝夹杂,
柏拉图式的浪漫;尽管有人
从法国或德国学到的男女交往,
都被吸引到"纯洁"的一吻!

阿德玲没有那么糊涂,不像那些贵妇,
她只尽女人的本性:
保持一个女人对男人最基本的友情。

四十四 物色适婚者

美丽的阿德玲对某人有了兴趣,
就会变得更加坦率,
因为喜欢上一个人对她并不容易,
她高贵的教养不肯轻易表示,

却把全部的身心献给——
自以为纯洁的情谊，
只要对方配得上这番心意。

关于唐璜身世的一些细节，
飞一般的谣传，像长脚的公报，
她早有耳闻，但是这些鲁莽的行为，
对女人来说，远比男人更宽容。

况且，他自到英国后，举止端庄，
也显现着男人的阳刚和气魄。
像传说中的阿尔希比德斯，
落到哪儿，就在哪儿安家。

阿德玲越来越清楚地看到，
唐璜身上的优点和危险的处境；
她对他产生了浓厚的兴趣，
大抵出于一种新奇的感受，

抑或者是唐璜的天真无邪感染了她，
天真最容易被天真所吸引，
她开始思索如何拯救他，
因为女人行事喜欢细做打算。

像一切劝人者或被劝者，
她热衷于规劝；
尽管规劝有时代价很高，

最多也只能换回很少的谢意。

她将唐璜的事想了两三遍,
理智地得出结论:
从道德上来讲,他最好结婚,
于是正式劝告唐璜,赶快找个妻子。

唐璜对这个意见非常赞赏,
这种关系本就相当合理,
但是反观他自己的情况,
却不能操之过急,
喜欢他的姑娘他并不中意,
他看上的人,又不喜欢他,
比如他很愿意与某位夫人共结连理,
可是人家早就嫁了人。

阿德玲认定的事情就难更改,
唐璜应结婚,这个想法已足够。
跟谁呢?她想到聪慧的丽丁小姐、
劳尔小姐、弗劳小姐、舒曼小姐、
诺曼小姐和美丽的继承人吉尔伯丁姐妹。
有多少可以是他无可非议的佳偶,
他的不同凡响,
像上紧发条的钟表,会一直不停地走。

还有奥达霞、舒丝特玲小姐,
酷好装扮的大家闺秀,

时刻记着蓝绶带与勋章,
可能是英国的公爵越来越少,
或者是她的竖琴弹得不够好,
(海中女妖就是这样诱惑过路人。)
只能同一个外国少爷混在一起,
一个俄国人或者土耳其人——反正一样。

四十五 奥罗拉·拉贝小姐

难道没有一位姑娘适合唐璜?
确实有一位美丽的小姐,
出身高贵,她本人比出身更夺目,
她的名字叫奥罗拉·拉贝,
姿容娇嫩,如一颗耀眼的明星,
连镜子也不配映出她美丽的身影,
这朵含苞欲放的玫瑰。

她富有且高贵,然而却孤独,
由善良的监护人抚育,
她总是一副郁郁寡欢孤独的神情,
因为血缘与善良终究不同。

所有的至亲都离她而去,
年少的心灵该是怎样凄惶?
无法回归的家园,她并不了解的世界,
她凝视着陌生,感觉着寂寞。
对世界漠不关心。

她像一朵孤零零的花,沉默——
在自己的心灵境界里,静静地成长。
远离喧嚣,高傲如女王,
人们对她的爱慕掺杂着敬畏,
她有着这样坚强的力量,
还在这小小的年纪。

阿德玲长长的名单中却没有奥罗拉,
她的财富和门第已让她名声很高,
远远将前面那些小姐赶超;
她不只是美貌,还有与此相匹的特点,
可谓尽善尽美,值得绅士们下一番功夫。

犹如泰勃瑞阿不让——
勃鲁托斯的胸像在仪仗队伍中出现,
这种遗漏使唐璜不由得奇怪,
他半开玩笑地提到这一点。

阿德玲却厌恶地,甚至高傲地不屑回答,
她不明白"那个冷漠、呆板的小孩
有什么可被唐璜看中的地方"。

唐璜却说:"她倒很合适,因为他们
信仰相同,也是一名天主教徒,
不然他的母亲不会接受,
教皇也将把他驱逐……"
阿德玲却打断他,再次把自己的见解

灌输一遍，专断又洋洋自得。

对一个如此纯洁无瑕，
且体态和容貌皆完美的人，
阿德玲为什么抱有偏见，
（无可置疑，这是一个偏见？）
这是一个很微妙的问题，
她天性宽宏洒脱，
也难免有任性的时候，
这并不能完全分开。

这是羡慕吗？不，绝不是，
阿德玲的地位和心灵使这不可能；
这也不是蔑视，想想吧，
她最大的缺点就是令人无法找寻其缺点；
更不是嫉妒，
这不是——
说不是什么比说是什么要简单得多！

阿德玲夫人与唐璜之间的交谈，
（像近来议会的结局）
甜蜜中带着些许酸味——
这件事被阻止或补救之前，
只怪阿德玲过去太轻率。
银铃响了，
更衣的时辰有"半点钟"，
女士们穿着极少的衣服，用不了半个钟头。

大盘成了盔甲,刀叉是武器,
伟大的战斗开始在桌上进行。
自荷马史诗以后,
(他对宴会的描写不比其他差)
有哪个诗人能列出近代晚宴的菜单?

在那些羹汤、炖肉和作料里,
所蕴藏的神秘远远超过
娼妇、女巫或医师的玄机。

不知道是什么样的巧合,
唐璜被安置在奥罗拉和阿德玲之间;
他再不能从容进餐,有些尴尬的局面,
想到刚刚那场议会般的长谈,
也让他灰心的不能面面俱圆,
阿德玲对他置若罔闻,只有片言只语,
那双慧眼却早已把他看穿。

奥罗拉对他也是一副冷漠的神态,
这让骄傲的骑士大为光火——
认为是冒犯中最大的冒犯,
似乎在暗示他不值得一顾。

虽然唐璜并不自命风流公子,
但也不愿受到这样的摆布,
像一条船不经意的驶入冰川,

况且事前还听了那么多良言相劝。

只是唐璜自有一套讨人喜欢的方法，
就是骄傲的谦卑，
他对女士所有的话都认真聆听，
好像她们的语言是一道迷人的命令，
机敏的个性让他从尴尬中脱险，
他懂得何时沉默，何时畅所欲言。

他有一项卓越的本领：抛砖引玉
让别人吐露衷情，自己却不显山露水。

冷漠的奥罗拉，开始
把他视为献殷勤的花花公子，
虽然他比那些纨绔子，那些
高谈阔论爱卖弄的才子更有头脑；
他开始得到她的欢心，
对于一颗骄傲的心，
尊重比逢迎更能让它欢愉，
微妙的异议更得垂怜。

唐璜长得漂亮，这一个特点，
所有的女人有目共睹；
看书多过看人脸的奥罗拉，
虽年轻却极聪明，
她倾慕智慧女神胜过美丽女神，
尤其是印在书本上的那一种。

然而美德虽是一种约束,
但不及老妪身上天然的禁锢;
道德上完美无瑕的苏格拉底,
也表现出对美的欣赏(尽管很谨慎地)。

十六岁的少女纯真如苏格拉底,
无邪地抱持着她的审美高度,
如果这位崇高的圣贤,
在七十岁高龄还有这样的兴致,
抱有幻想,那少女又怎能不爱美?

只要温和行事不越礼,
又有什么关系。

人如孤星飘浮于世界的两端,
在天地的边缘,昼夜交替。
我们不了解现在,
更遑论将来。

日日夜夜,时间奔流如江水,
我们的生命如浪花,击碎,又重现,
在岁月中,帝国的青冢,如沧海桑田,
如波涛,逝去,又归来。

四十六 幻影

晚宴已经结束,戏剧到了尾声,
桌上残羹冷炙,女人也已倦怠;

人们一个又一个纷纷离去；
歌声业已沉寂，舞兴开始阑珊；
最后的薄裙也翩然而去，
如天空淡淡的白云飘散；
客厅里再无灯火辉煌，
只有残烛熠熠，和一抹月光。

唐璜也回到了卧房，
只感到无休止的忧戚和彷徨：
他觉得奥罗拉·拉贝的眼睛
比阿德玲夫人所描述更晶莹；
如果他明了自己的困境，
就会运用理智开始思索，
行之有效的方法，可是真实施却不容易，
他只能独自一声声叹息。

寒冷的夜晚如此清净，
他推开房门，在月色中，
来到一片晦暗的画廊；
许多名贵的古画挂成行，
那上面英勇的骑士和贞洁的女郎，
虽然出身高贵，在幽暗的灯光下，
却显得阴森可怕，这些死者的画像。

当唐璜想到世事无常，和心上人
（两者是一回事）时，
除了他的喟叹和寂寥的脚步声，

惨淡的古堡里阒寂无声，
突然，嘎嘎作声，
仿佛一个幽灵，渐近他的身边
令他毛骨悚然。

原来是一个修士，
戴着念珠、头巾，披着黑色的法衣。
一会儿隐没在黑暗里，一会儿又在月光下；
沉重的脚步声却没有一点声响，
只有袍子擦在花草上的声音；
身形飘忽，动作徐缓；
在唐璜身边经过，
刹那一瞥，晶亮的目光幽幽闪现。

唐璜吓得有些呆，他听人讲过，
这座古宅里，有这么个幽灵，
他像许多人一样没放在心上。

以为这样的旧宅必有鬼神的传说，
不过是迷信的陈渣；
谁真正见过鬼，当纸币流通再不见黄金，
莫非真是鬼，还只是幻觉？

他呆立着，如同过了一个世纪，
目不转睛，提心吊胆，
他的手脚已酸软，盯着鬼魂出现的地方，
一点一点地复元。

仿佛做了一个梦，他知道——
他一直很清醒，
失魂落魄地走回寝室，
冷汗已湿透贴身的衣服。

室内一切如先前一样，
燃烧的蜡烛，并没有什么蓝光，
以无限的同情来迎接幽灵，
他揉了揉眼睛，
拿起一份旧报纸读，读得很清楚，
一篇关于攻击国王的文章，
还有一则宣传鞋油的长长的广告。

尽管手还在颤抖，
却体会了回到了人间的味道，
他关上门，又读了一段
关于霍恩·托克的文章，
便慢慢脱去衣服，上了床。

找一个舒适的位置埋在枕头里，
刚才所见的事情在幻想里，
如鸦片般催眠，
睡意渐浓，他进入安眠。

很快便醒来，如人所料，
对昨晚的幽灵，他久久不能释怀，

想说与众人听,又怕被人嘲笑自己的迷信,
他左右为难,
仆人敲门提醒,梳妆的时刻已经到来,
唐璜规定的时间不能疏忽。

在唐璜的眼中,宴会死气沉沉,
他坐在自己的座位上,心绪烦乱,
恍惚如灵魂出窍,一动不动,
粘在椅子上一般。

周围刀叉碰撞仿佛一场混战,
他却视而不见,直到有人
需要一点鱼翅,说过两遍未加理会。

他的眼睛与奥罗拉相碰,
面颊上露出一抹笑意,
对于不善笑的人,这微笑大有深意,
存着明显的目的,
但是在奥罗拉的微笑里,
看不出希望和或爱情的暗示,
也没有女人所常有的那种心计。

那是一个迷人的沉思般的微笑,
表达着怜悯,和惊异,
唐璜忽然红了脸,不是一个智者所为,
没有利用她的瞩目,继续把城堡攻破,
他本来精于此道,却因为

昨夜的鬼影扰乱了心智。

阿德玲无暇旁顾,一整天忙着
出风头,她仪态万方,煞是迷人,
对正食着鱼和野味的人献殷勤,
端庄得体又谦逊大方,
肩负重任的女人毫不含糊,
(特别是六年的选任快要到期)
她们的职责是让丈夫、子侄
太平安稳地度过改选的激流险滩。

正当阿德玲竭力应酬,
美丽的弗芝·甫尔克却悠闲自在,
她极好的教养不会当面嘲笑人,
但蓝眼睛一闪,便把丑态尽收眼底,
当成笑料储存起来,
他日作为一项慈善的消遣。

四十七 夜奔

白昼已然耗尽,
盛宴又到尾声,
马车已经备好,女士们站起身,
一边行着乡间的礼,一边退下,
陪着他们温文尔雅的丈夫,
所有的人都对晚餐和主人深表满意,
尤其喜欢阿德玲夫人。

夜如以往一样静且黑；唐璜脱去衣服，
穿得少得不能再少，
坐在那里，不能去睡，
因为他挂念着那鬼魂是否来访，
期待着，又似乎怀心，
他的感情矛盾得无法表述。

果然来了么？那是什么声响？
那个黑衣修士，可怕的脚步声，
像整齐的韵脚，再一次从幽暗的
夜幕中出现，唐璜胆战心惊，
此时人们已入梦乡，寂静的
只有宝石般的星星看着人间。

他先是惧怕，既而愤怒，
一跃而起，向前走去，鬼魂开始后退，
唐璜决心弄个水落石出，步步紧逼，
他的血液热起来，一路追随，
鬼魂停住脚步，后退，
直退到古老的墙根，岿然不动。

唐璜伸出一只手——天呐！
他碰到的不是灵魂也不是肉体，
却是冰冷的墙壁；
月光洒在墙壁上，晃着窗格的影子，
他不寒而栗，连最大胆的人也会
对这无形的恐惧生畏，奇怪

这虚幻的影比他们的原形更令人惧怕。

困惑的唐璜再次伸出一只手,
它按在灼热的胸脯上,
似乎还有一颗心脏在跳,
在慌乱中他又犯了一个错误,
抓住了墙壁,
却放走了正在追索的东西。

这个鬼——如果真是鬼的话,
倒是个迷人的美鬼:
浅浅的酒窝,与洁白的颈项,
完全是一个血肉之躯嘛,
此时,阴森的头巾与黑色的衣袍向后脱落——
啊呀!
丰腴可人身体完全暴露:
原来是爱嬉戏的弗芝·甫尔克公爵夫人!